LIÉS PAR LE SANG

LIÉS PAR LE SANG

Madeline DESMURS

ISBN : 978-2-37011-051-0
Éditions Hélène Jacob – 13 Impasse Victor Gesta – 31200 Toulouse
Imprimé par Create Space – États-Unis
12,90 €
Dépôt Légal Décembre 2013

Photo couverture : Sarah Photography

Chapitre 1

Assise dans la véranda, Laura Sasso était concentrée sur l'écran de son téléphone portable, seule source de lumière en cette fin de journée d'hiver. Les chaises en métal n'étaient pas les plus confortables de la grande maison familiale, mais la véranda avec ses arbres fruitiers, ses fleurs débordant des pots colorés d'Anduze, était l'endroit où elle aimait se réfugier. Elle s'était emmitouflée dans sa couverture préférée, rouge avec de gros motifs brodés.

Elle leva un instant les yeux de son téléphone, qu'elle déposa sur la table. Elle ramena ses longs cheveux bruns en arrière, en les lissant avec ses deux mains, et laissa traîner son regard sur le paysage dehors. La neige de décembre avait envahi le vaste jardin. Au mois de mars, la neige commencera à fondre, songea-t-elle, et les premiers crocus apparaîtront, apportant çà et là de petites touches de bleu et de mauve. Les forsythias s'habilleront de jaune et les chants des oiseaux se feront de nouveau entendre, gais et annonciateurs de bonnes nouvelles. Mais pour l'instant, elle ne voyait que de la neige et des arbres pliant sous leur énorme manteau blanc. Le soir était calme, sans bruit, sans vie. Un léger brouillard et la lumière de la pleine lune finissaient de donner au tout un aspect spectral. Elle se demanda si en ouvrant les baies vitrées, elle trouverait ce même paysage ou le vide.

Sa vie aussi lui apparaissait parfois vide, vide de sens, vide d'espoir, lisse tel un paysage de neige immaculée. Depuis la disparition de son père et la mort de sa mère, vingt ans plus tôt, elle n'avait jamais perdu espoir de le retrouver, même lorsqu'on essayait de la convaincre que c'était une très mauvaise idée, qu'il n'y avait plus rien à faire, qu'il valait mieux que son père soit mort et qu'il ne revienne jamais. Tu dois passer à autre chose, lui avait répété Charles, lorsqu'elle avait voulu rouvrir le dossier. Ta mère est morte, tu finiras par surmonter tout ça et tu pourras enfin avancer. Mais elle ne pouvait plus vivre sans savoir ce qui était arrivé ce soir-là. Elle lui en voulait, elle haïssait cet homme qui avait été son père ; de toutes ses forces, de toute son âme de petite fille, d'abord, et maintenant de femme. Elle le retrouverait et exigerait des explications, et puis elle l'exécuterait, comme il avait exécuté sa mère, une balle en pleine tête, sans pitié, sans remords. Cette idée la tenait debout depuis toutes ces années, cette douce vengeance à l'allure de délivrance.

Une biche pointa le bout de son museau, son visage se détendit un instant. L'animal resta un instant gracile, la tête relevée, les oreilles en alerte, la fixant de ses yeux noirs. Laura la regarda sans bruit.

— Lolie, tu fais quoi ? Tu viens ?

Deux couettes rousses encadrant un visage bien trop maquillé apparurent par la porte-fenêtre du salon. Wendy, sa cadette de six ans, n'avait que quatre ans lorsque le drame était arrivé. Elles dormaient toutes les deux chez leur grand-mère, ce soir-là. C'était elle qui s'était occupée des deux petites filles jusqu'à leur majorité. Ce ne fut pas de tout repos pour la vieille femme ; Laura n'avait pas été un modèle durant son adolescence, loin de là. L'alcool, les mauvaises rencontres, la drogue. Elle avait même fait un passage en garde à vue, suite à une bagarre à la sortie d'une boîte de nuit. Pourtant, sa grand-mère l'avait toujours soutenue, accompagnée dans ses décisions, et l'avait gardée ainsi sur le bon chemin pour en faire la jeune femme qu'elle était maintenant. À sa mort, elles avaient hérité de sa maison. Laura était majeure depuis peu et elle avait pu rester y vivre avec sa sœur, sous la tutelle de Charles Bienva, l'avocat de la famille.

— Lolie, tu m'écoutes ? Qu'est-ce que tu fabriques dans le noir ?

Elle appuya sur le bouton et des dizaines de petites lumières blanches telles des lucioles illuminèrent la véranda. La biche disparut d'un bond derrière la haie.

— Oui, je t'entends, j'arrive, dit Laura.

— Tu m'as l'air bien triste, ma Lolie, chantonna Wendy en

virevoltant autour de la table.

Elle était le portrait craché de leur mère. Les traits fins, une cascade de cheveux roux et deux immenses yeux bleus qui semblaient vous scanner comme un rayon X.

— Ne sois pas triste, ma sœur chérie. On va acheter les cadeaux de Noël, c'est chouette, allez viens, dit-elle en tirant sur la couverture.

Laura la regarda des pieds à la tête. Sa sœur avait hérité de l'intelligence de leur père : à vingt-quatre ans, elle était un crack en sciences et en informatique. Mais elle avait vraiment un goût moyen et peu conventionnel en matière de mode.

— Tu es sûre de vouloir sortir comme ça ?

Wendy portait de gros collants de laine rayée noir et blanc, surmontés d'une robe à frous-frous, prune et bien trop courte.

— Bien sûr que non, je vais mettre mes bottes, dit-elle en disparaissant à nouveau dans le salon. Je te laisse cinq minutes, le temps d'aller les chercher à l'étage. Et n'oublie pas ta carte bleue, je veux t'emmener voir ce nouveau magasin, il est génial, tu vas…

Sa voix se perdit dans l'escalier. Laura soupira et sourit. Elle avait le sourire de sa mère. On n'avait de cesse de le lui répéter. Elle se leva, laissa tomber la couverture sur la chaise et s'étira, laissant apparaître la peau blanche quasi transparente de son ventre. Puis elle se mit à la recherche de ses baskets. Elle aperçut ses lacets entre les pots des deux orangers gavés de fruits. Quel plaisir de se faire du jus d'orange frais tous les matins !

— Comment mes chaussures font-elles pour toujours se faufiler dans des endroits si difficiles d'accès ? marmonna-t-elle en se mettant à genoux et en se tortillant pour les récupérer.

Soudain, du coin de l'œil, elle crut voir un mouvement rapide. Elle leva la tête et scruta dehors. Avec la véranda allumée, on n'y voyait plus grand-chose. Elle plissa les yeux, les muscles crispés, les sens en alerte. Elle resta là quelques secondes, balaya du regard l'étendue de neige, écouta le silence. Mais elle n'entendit que les battements de son cœur.

— LAURAAAAAAAAAAAAAAAAA, qu'est-ce que tu fous ? cria Wendy de l'entrée.

Sa voix était montée dans les aigus, signe qu'elle était en colère. Quand elle était énervée, sa voix redevenait celle d'une petite fille, à la limite du supportable. Normalement, la deuxième phase était plus silencieuse et plus au goût de Laura. Elle boudait. Mais cela ne durait jamais longtemps. Wendy avait un tempérament bien trop insouciant pour se fâcher longtemps. Laura récupéra ses chaussures et se releva. Elle resta juste un instant, le nez contre la vitre, son souffle faisant de la buée. Wendy traversa le salon au pas de course. La douce chaleur du feu de cheminée et le gros canapé blanc confortable invitaient à la détente, mais pour l'instant les joues de Wendy étaient passées au rouge vif. Elle débroula comme une furie.

— Bon alors, on y va ! cria-t-elle en se frottant la hanche qu'elle venait de heurter contre une grosse chaise en bois massif. Il est dix-neuf heures et les magasins ferment à vingt et une heures, et on n'a encore rien acheté à Charles. (Elle releva la tête et examina sa sœur toujours collée à la vitre, ses baskets à la main.) Lolie, ça va ? demanda-t-elle en s'avançant doucement.

— Oui, ça va. Juste une impression. Ce n'est rien. Allez, c'est parti, dit Laura en faisant volte-face et en arborant l'un de ses plus beaux sourires. Va me chercher ma veste dans ma chambre, tu veux ?

— Oui, d'accord.

— Et vérifie qu'il y a bien ma carte bleue dans la poche, je ne voudrais pas manquer ce tout nouveau magasin.

Wendy repartit en bondissant, retraversa le salon et courut dans les escaliers. Laura passa la porte-fenêtre qu'elle referma après avoir éteint la lumière. Dehors tout était calme, paisible, sans le moindre signe de vie. Bizarre. Elle se raisonna, c'était sûrement un autre animal venu dénicher quelque chose à manger. Avant de retraverser le salon, en direction du vestibule, elle tira une chaise et monta dessus. De sa main libre, elle tâta le dessus du meuble. Le contact froid du métal de son revolver Smith & Wesson la rassura.

Chapitre 2

Le lieutenant Maximilien Pons se gara au plus près, descendit de la voiture et parcourut péniblement les quelques mètres qui le séparaient de la scène de crime. La neige fraîche s'accrochait au bas de son jeans à chaque fois qu'il s'enfonçait jusqu'au mollet. La scène fourmillait de flics de la scientifique prenant des photos et examinant minutieusement les lieux et les alentours. Il faisait un froid de canard, un léger vent soulevait çà et là de petits tas de neige fraîche qui dansaient dans la lumière des projecteurs. Ils étaient au nombre de quatre et dirigeaient leur lumière blanche en direction du sol et de la lisière du bois.

De là où il se trouvait, il voyait une forme approximative couchée sur le sol. Un policier corpulent était agenouillé près d'elle et semblait chercher quelques instruments dans une mallette noire posée à même la neige. Il reconnut tout de suite le brigadier-chef Boulahdid, chef du bureau de la police scientifique de Saint-Jean-de-Maurienne. À gauche, un policier – le cou rentré dans les épaules à cause du vent – flashait avec son appareil photo tous les endroits qu'un deuxième lui désignait. Un jeune gardien de la paix sortit du bois en frottant la neige sur son blouson et fit non de la tête, en réponse à une question du brigadier-chef Boulahdid. Max souffla sur ses mains pour les réchauffer. Malgré les gants de laine et l'épais blouson marqué « police nationale » dans le dos, il était transi. Le vent froid lui battait le visage et faisait pleurer ses yeux. Il s'arrêta un instant et considéra les alentours. On se trouvait en bas de la station de La Norma, derrière la boîte de nuit. C'était une petite station familiale composée essentiellement de grands bâtiments habillés de bois pour garder l'authenticité chère aux touristes. À droite, une route éclairée serpentait vers un groupe de chalets se dressant au-dessus de la station. Malgré les efforts fournis et les travaux effectués pour gommer l'ambiance rétro, l'architecture respirait les années soixante-dix. Au pied des pistes, on trouvait des boutiques de sport et des restaurants avec menus savoyards.

— Vous verrez, on dirait qu'elle dort, dit le jeune gardien de la paix en lui tendant un gobelet de café sorti tout droit d'un thermos.

Max saisit le gobelet fumant, marmonna un merci et s'avança en direction du brigadier-chef Boulahdid.

— Salut Max, dit Youcef sans même se retourner.

Ses petites lunettes rondes et sa barbe blanchissante lui donnaient des airs de père Noël.

— Mouais, salut. Qu'est qu'on a ? articula-t-il.

Max porta le gobelet à sa bouche et fit la moue lorsque le liquide lui brûla la langue. Il était cinq heures du matin et, malgré le café, il n'arrivait toujours pas à se sortir du sommeil.

— Regarde par toi-même, dit Youcef en se relevant et en laissant apparaître le corps d'une femme blonde d'environ trente ans.

Sa peau et ses lèvres étaient bleues, une énorme tache rouge souillait la blancheur de la neige. Curieusement, elle semblait dormir, couchée sur le côté, une jambe légèrement recroquevillée et la tête posée sur son bras étendu. Elle portait un pull blanc col roulé, un jeans de marque, un pendentif en forme de fer à cheval, plusieurs bagues et une montre.

— Visez un peu cette montre, elle doit coûter au moins deux mille euros !

Le jeune gardien de la paix venait d'arriver à leur hauteur.

— Ouais, il a raison, on peut tout de suite éliminer le crime crapuleux. Bien, garde tes questions, je vais te dire tout ce que tu dois savoir. (Le brigadier-chef prit le café que le gardien de la paix lui tendait et en but une gorgée) On lui a tiré dans le dos, une balle fatale, vu la perte de sang, elle a été tuée ici. Pour l'heure de la mort, c'est délicat avec le froid qu'il fait, elle est congelée, mais comme il a neigé pendant une bonne partie de la nuit jusqu'à environ deux heures et qu'elle n'a pas été recouverte, on peut dire qu'elle est morte entre deux heures du matin et quatre heures quinze, l'heure à laquelle on l'a trouvée. (Il but une nouvelle gorgée de café) Tu trouveras les témoins dans la discothèque.

Il désigna le bâtiment surmonté d'une enseigne lumineuse clignotante. Le brigadier tendit son gobelet vide à Max et se pencha sur le corps. Il chercha dans les poches de la victime.

— Rien, pas de papiers.

— Et pour l'arme ? demanda Max.

— On n'a rien trouvé, il fait nuit noire, mais on cherchera demain au lever du jour. Bon, on l'emmène, cria-t-il à l'ambulance qui venait d'arriver.

Max se poussa pour laisser passer la civière. Il se dirigea ensuite vers le Babaloo's, la discothèque de la station. À l'entrée, un géant ouvrit la porte. Il toisa d'un air provocateur le jeune flic qui venait de sortir sa carte.

— Lieutenant Pons, je viens voir les personnes qui ont découvert le corps, dit-il en se glissant à l'intérieur.

L'odeur de transpiration et d'alcool le saisit, à peine la porte refermée. La salle allumée laissait apparaître son état de saleté. Des verres et des bouteilles vides jonchaient les petites tables rondes. La neige fondue avait recouvert le sol d'une couche de boue noirâtre. À droite, la barmaid, en minijupe et décolleté plongeant, essuyait méticuleusement des verres.

— Est-ce qu'on va pouvoir bientôt partir ? C'est Noël, aujourd'hui ! demanda une fille en se levant.

Des larmes avaient tracé des stries de rimmel sur ses joues. Un jeune homme d'environ dix-neuf ans grogna en se retournant, couché sur une banquette du fond.

Max Pons traversa la piste de danse en prenant grand soin de ne pas glisser.

— Mademoiselle, asseyez-vous, dit-il en sortant son pad, ce ne sera pas long. Connaissiez-vous la victime ?

— Non, répondit la jeune fille, mais c'est sûr, je ne l'oublierai jamais.

Elle essuya une larme sur sa joue.

— Et vous ?

Il se retourna vers un homme d'environ vingt-cinq ans, qui portait des vêtements larges et un bonnet vert à pompon.

— Non, on l'a jamais vue jusqu'à ce soir.

Ses yeux n'étaient plus que deux petites fentes noires et cernées. Des relents de vodka s'échappaient de sa bouche à chaque mot.

— Elle était là, ce soir ?

— Ouais, Monsieur.

Il produisit un rot bruyant, la jeune fille plissa le nez d'un air dégoûté et le corps échoué sur la banquette émit un grognement.

— Elle était seule ?

— Non, avec un homme.

— Comment était-il ?

— Il était plutôt grand, environ un mètre quatre-vingt-dix et les cheveux châtains. Il portait un jeans, je crois, et un tee-shirt bleu ou noir.

— Qu'est-ce que tu racontes ? coupa la jeune femme au rimmel dégoulinant. Il devait faire un mètre soixante-dix, pas plus, et il était blond, pas châtain. Et il portait un tee-shirt de couleur claire, c'est toi qui en as un foncé, abruti.

— Caro, ne me traite pas d'abruti.

— ABRUTI ! cria-t-elle. Tout ça, c'est de ta faute, si tu ne nous avais pas pris le chou pour qu'on vienne dans cette boîte de bouffons, on serait au chaud à la maison.

— Mademoiselle, calmez-vous. (Max s'était interposé entre les deux jeunes gens) Retournez vous asseoir à votre place, rajouta-t-il d'un ton ferme en désignant la banquette.

Elle se jeta dessus et croisa bras et jambes rageusement.

— Tu ne me parles plus jamais de cette façon, dit le garçon en la pointant du doigt.

— Alcoolo, marmonna-t-elle.

— Silence, allez vous asseoir avec votre copain là-bas. (Le bonnet au pompon vert tituba vers les grognements et s'affala) Bien, encore quelques questions dans le calme et vous appellerez un taxi. Qui a trouvé le corps ?

— Marc, là-bas.

Elle désigna le garçon qui cuvait au fond de la pièce.

— Avez-vous vu quelqu'un ?

— Non, personne. Il faisait noir. On peut rentrer, maintenant, s'il vous plaît ?

— Et vous ?

— Non, rien, grogna le bonnet au pompon vert.

Le lieutenant rangea son pad et leur tendit une convocation pour le lendemain. Les jeunes gens réveillèrent leur copain et l'aidèrent à rejoindre la sortie.

Max jeta un coup d'œil à sa montre, il était six heures trente, il devait passer au commissariat écrire son rapport et appeler le procureur de garde. Avant de sortir, il s'arrêta devant le vestiaire. La jeune victime inconnue était en pull, il était plus que probable qu'elle avait laissé sa veste quelque part.

— Il vous reste des vêtements ? demanda-t-il au géant qui lui avait ouvert la porte.

Celui-ci le toisa à nouveau, Max fit un pas en arrière et le géant ouvrit la tablette pour passer derrière la banque. Il l'entendit trifouiller quelques instants avant de lui tendre deux vestes qu'il examina.

— Celle-ci est intéressante, dit-il en prenant le blouson de ski bleu de taille S, comportant la marque Chanel en grosses lettres dans le dos.

Il repassa ses gants et chercha dans les poches. Il trouva un papier plié. Trois jeunes filles d'environ quinze ans souriaient à l'objectif. Elles étaient assises près du lac de la station, ouvert à la baignade l'été. La partie haute était déchirée. Il reconnut la victime au milieu, tenant les deux autres par les épaules.

— Vous les connaissez ? demanda-t-il au géant.

Celui-ci se pencha à la hauteur de Max et regarda attentivement la photo, sans un mot.

— Celle du milieu, elle est plus âgée maintenant, elle était là ce soir, finit-il par dire.

— Elle était seule ?

— Non, elle était avec un homme. Je ne les avais jamais vus avant.

— Vous les avez vus sortir ?

Le géant souleva un sourcil et croisa ses énormes bras sur son torse, comme si Max l'avait insulté.

— C'est mon boulot, Lieutenant. Ils sont arrivés ensemble vers minuit, mais elle est partie après lui.

— Il était quelle heure ?

— Environ deux heures trente. Lui, il est parti bien avant. Il n'est pas resté longtemps.

— Vers quelle heure ?

Le videur réfléchit.

— Il devait être minuit et demi. Je vous l'ai dit, il n'est pas resté longtemps, ils ont bu un verre au bar et puis il est parti.

— Bien, merci, dit Max en retournant dans la salle.

La barmaid avait fini de ranger les verres, à présent elle raclait la boue de la piste de danse.

— Mademoiselle ?

— Appelez-moi Val. (Elle posa son balai contre la colonne et se dirigea vers le bar) Je vous sers quelque chose ? Whisky ?

Elle sortit une bouteille et deux verres.

— Non, merci. Je voudrais vous poser quelques questions.

— Ouais, c'est pour la morte, c'est ça ? (Val se servit un baby qu'elle but cul sec) Elle est restée assise là, à siroter des cocas. (Elle désigna un tabouret et Max remarqua les nombreux tatouages qui parsemaient ses bras) Vous regardez mes tatouages. Chouettes, hein ? J'ai aussi un colibri dans le dos.

Elle se retourna. Sous les lacets de son dos nu, un oiseau-mouche butinait des fleurs exotiques.

— Chouette, en effet, admit-il. Vous avez entendu ce qu'ils se disaient ?

— La fille et son petit ami ? Non, pas vraiment. J'ai beaucoup de boulot, je dois préparer les seaux de champagne et les plateaux, et servir les consos au bar, et avec la musique forte… Vous êtes tatoué ?

— Non, mentit-il, pensant au dessin qui occupait son omoplate. Comment vous savez que l'homme était son petit ami ?

— En partant, il l'a embrassée sur la bouche. Ça me paraît un signe, non ?

— Bien, merci.

En poussant la porte, le vent glacial le saisit à nouveau. Aujourd'hui, c'est Noël, pensa-t-il en faisant démarrer la voiture. Il mit le chauffage à fond pour dégeler le pare-brise et attendit quelques instants sans bouger. Pas de cadeau pour l'inconnue, pas de repas de famille, peut-être que quelqu'un avait déjà prévenu de sa disparition. Sans son identité, il serait quasi impossible de faire avancer l'enquête. Dans la majorité des meurtres, la victime connaît son agresseur. La chaleur se fit douce, il posa ses gants et passa la première.

Sur le chemin du commissariat, Max se concentra sur la scène de crime. Les trois jeunes gens avaient découvert le corps lorsque leur copain Marc Delmas, saoul comme une barrique, avait trébuché sur la victime en cherchant un endroit un peu à l'écart pour se soulager. Ils étaient arrivés en courant lorsqu'ils l'avaient entendu hurler. Ils n'avaient pas touché le corps, comme l'avait précisé le bonnet à pompon vert, Pierre quelque chose. Il ne se rappelait pas son nom. Peu importait, il l'avait soigneusement noté. Par contre, ils avaient piétiné copieusement la neige et effacé les moindres traces que l'assassin aurait pu laisser. Il lui faudrait attendre les constatations de l'équipe de la scientifique et celle du médecin légiste pour connaître les détails.

Arrivé au commissariat, il s'arrêta un instant à la machine à café. Normalement, ce bâtiment grouillait de monde, mais aujourd'hui tous les bureaux administratifs étaient fermés et seuls la brigade de quart et les officiers d'astreinte étaient présents. Les couloirs étaient calmes, en cette heure matinale. C'est agréable, se dit Max en esquissant un sourire. Il n'appréciait pas beaucoup les discussions de salon, il ne comprenait pas que l'on puisse parler de tout et de rien. La parole lui servait exclusivement à échanger des informations et à exprimer des besoins, pas de bavardage inutile. Il saisit le gobelet et se dirigea vers son bureau.

— Je nous ai acheté des croissants.

Le commandant Lucien Nicopet, son coéquipier, lui lança le sachet. Il le rattrapa de sa main libre et posa le café sur son bureau. Assis dans son fauteuil, les pieds chaussés de santiags, Lucien avait plus l'air d'un shérif. À un an de la retraite, il était le dernier de ce qu'il appelait « la génération des anciens flics ». Il aimait à répéter qu'il partait sans rien regretter, que le temps où le métier de policier était une vocation avait disparu. Après avoir mordu dans son croissant, Max lui expliqua les détails de l'affaire. Il lui tendit la photo, le cow-boy quinquagénaire s'essuya les mains et chaussa ses lunettes.

— Je la connais, dit-il après quelques minutes.

— La morte ? Super, je peux laisser tomber le signalement.

Max se frotta les yeux, il sentait bien qu'un petit somme serait salutaire, mais il se demanda s'il aurait seulement le temps de prendre une douche.

— Non, pas elle. Celle-ci, c'est Laura Sasso.

Le doigt de Lucien s'était posé sur la brunette à gauche.

— Les sœurs Sasso. Attends, ça me dit quelque chose, j'ai lu un article sur elles. La mère a été assassinée, le père a été accusé et il a disparu avant le procès. Elles ont hérité d'une fortune à la mort de leur grand-mère. Elles sont riches et célibataires, ce qui les rend absolument parfaites pour les journalistes people. Tu sais quoi d'autre ?

— Je sais que la petite est timbrée et que la grande est une emmerdeuse. (Lucien sauta sur ses pieds et enfila sa veste) On va leur rendre une petite visite.

Chapitre 3

Laura se remémora leur sortie de la veille. Wendy l'avait traînée de magasin en magasin afin de trouver le cadeau parfait pour Charles. Après une bonne heure de recherches, elles avaient tranché pour une cravate jaune pâle avec de petits motifs représentant des clubs de golf. Wendy l'avait ensuite emmenée dans le fameux magasin.

— Tu vas voir, il est si géantissime, j'adoooooooooore.

Elle tournoyait sur le trottoir. Les passants se décalaient en fronçant les sourcils ou en soufflant. Vive la tolérance de Noël, avait pensé Laura.

Les gens, le visage fermé, les traits tirés par le stress, couraient partout pour finir les derniers achats. Sur la place, de petits chalets avaient été érigés pour les fêtes. Comme chaque année, les artisans proposaient des produits régionaux ou faits main. Devant un stand, deux femmes se disputaient ce qui avait dû être un pull-over avant qu'elles ne se mettent à tirer chacune de leur côté, agrippant des deux mains un morceau de l'étoffe rouge. En arrière-plan, son regard avait été attiré par une silhouette tapie au coin de la rue. Elle semblait les suivre depuis qu'elles étaient sorties du magasin pour hommes. Maintenant, elle en était sûre, elle avait remarqué cet homme en sortant parce qu'il portait en bandoulière un gros appareil photo et qu'il n'avait l'air ni d'un touriste ni d'un professionnel qui vous photographie sur les genoux du père Noël. D'ailleurs, le gros bonhomme rouge était occupé par une ribambelle de gamins au nez crotté, dans le magasin de jouets à deux rues de là. Soudain, Wendy lui saisit la manche et la tira en avant.

— Regarde, un vendeur de marrons ! Tu en veux ? J'y vais.

Elle traversa la rue sans s'encombrer des voitures. Un véhicule rouge freina, et la conductrice cria quelque chose d'inaudible à travers son pare-brise. L'homme à l'appareil photo disparut dans le fond de la ruelle. Wendy revint avec deux cornets de papier journal fumant.

— Tu l'as vu ? lui demanda Laura en saisissant le cornet et en se remettant en route.

— Oui, il nous suit depuis un moment, j'ai réussi à le prendre avec mon tél., je saurai qui il est avant qu'il ne le sache lui-même.

Wendy fit un petit clin d'œil et enfourna un marron brûlant dans sa bouche. Les journalistes s'intéressaient à elles depuis quelques mois, depuis qu'une de ces émissions à sensations avait relaté le meurtre de leur mère. Elles avaient refusé de participer et même essayé d'en interdire la diffusion. Du coup, elles n'avaient réussi qu'à exciter la curiosité des médias, qui avaient disséqué leur vie, leur passé, leur compte en banque, interviewant des ex-petits amis, la boulangère, la fille de leur coiffeuse… Bref, leur vie était devenue un enfer où le téléphone sonnait sans arrêt, où l'on tapait à la porte de leur appartement parisien à toute heure. Elles s'étaient donc retirées en Savoie dans la maison familiale.

Elles étaient restées enfermées, ne répondant plus au téléphone, ne sortant plus, et puis rapidement le feu s'était éteint de lui-même. Elles avaient vite été remplacées par les péripéties et les frasques d'un candidat de téléréalité ou d'une star recherchant un peu de célébrité en publiant des photos osées, soi-disant volées. Mais il restait quelques braises et il leur arrivait encore de croiser des paparazzis ou – plus désagréable – des fans envahissants. Elles restaient prudentes. Laura avait investi dans un revolver et Wendy avait installé une alarme dans la vieille maison, directement en liaison avec son ordinateur et son iPhone.

Après avoir fini leurs courses en dévalisant le nouveau magasin de vêtements, elles étaient rentrées à la maison.

Pendant que sa cadette tapotait sur le clavier de son ordinateur, Laura était montée se coucher. Avant, elle avait jeté un coup d'œil par la véranda sur le jardin paisible, puis elle était retournée dans l'entrée pour brancher l'alarme et fermer la porte à clef.

*
* *

Sur le chemin qui les emmenait chez Charles, la radio de la voiture repassait encore et encore les mêmes chansons que l'on finit par siffloter alors qu'on les trouve vraiment nulles. Elle frissonna malgré le chauffage. Qui pouvait bien être ce type ? Elle n'eut pas le temps de se poser d'autres questions, car une secousse venue de nulle part lui fit perdre le contrôle de la voiture. Elle essaya de contre-braquer alors que la voiture glissait dans le ravin. Avant de perdre connaissance, elle sentit la voiture faire des tonneaux et entendit le cri apeuré de Wendy.

Les sirènes hurlantes... Une voix féminine lui demandant son prénom. Et puis plus rien. Le noir. On la soulève. C'est douloureux, il fait froid... Toujours la voix féminine qui lui demande d'ouvrir les yeux. C'est trop dur. Envie de dormir... Et puis Wendy, où est Wendy ? Ouvrir les yeux. Un effort, encore un effort...

La lumière l'aveugla, puis ses yeux firent le point sur le visage d'une femme pompier qui lui souriait.

— Voilà qui est mieux. Ne vous inquiétez pas, on s'occupe de vous. Mais il faut rester avec moi, maintenant.

— Wendy, réussit-elle à articuler. Qu'est-ce qui s'est passé ? J'ai mal au bras.

— Je m'appelle Julie, je suis pompier, on s'occupe de vous, vous vous appelez Wendy ?

— Non, Laura. Où est ma sœur ?

Elle passa la langue sur ses lèvres.

— Laura, dit Julie en réajustant l'écoulement de la perfusion. On vous emmène toutes les deux aux Urgences, vous avez eu un accident de voiture.

La jeune femme posa délicatement sa main gantée sur son front. Ce contact la rassura, elle se sentit un peu mieux.

— On s'occupe de vous et de votre sœur, ne vous inquiétez pas, murmura-t-elle tandis que deux autres pompiers montaient le brancard dans l'ambulance.

Laura avait enfin un peu chaud, la perfusion faisait effet. Il devint trop dur de lutter contre le sommeil, elle referma les yeux.

*
* *

— Je veux voir ma sœur, maintenant !

Laura, assise sur le bord du lit d'hôpital, les cheveux encore collés par le sang de son arcade sourcilière, essayait de descendre du lit alors qu'une grosse infirmière la retenait par les épaules.

— Voulez-vous vous tenir tranquille ? Vous ne pouvez pas encore vous lever !

— JE VEUX VOIR MA SŒUR ! hurla-t-elle en essayant d'arracher sa perfusion.

Un spasme lui lacéra le bras. Les traits tirés par la douleur, elle cessa les hostilités.

— Mademoiselle Sasso, soyez raisonnable. Vous n'avez rien de cassé, grâce au ciel. Mais vous avez eu un accident de voiture, vous devez rester au lit. (L'infirmière, le visage rougi par la lutte, borda les draps) Si vous continuez, le médecin va décider de vous mettre sous sédatif, ce n'est pas ce que vous souhaitez, n'est-ce pas ?

Elle avait appuyé sur chaque syllabe d'un ton ferme. Laura planta ses yeux sombres dans ceux de la grosse dame.

— Écoutez, Marie… c'est bien votre nom ? Je veux voir ma sœur maintenant, et je me fous de ce que pense le médecin, alors si vous ne m'emmenez pas la voir tout de suite, je pense que je vais finir par vous faire bouffer votre thermomètre.

L'infirmière vira au cramoisi. En sortant de la pièce, elle bouscula Charles.

— Vous êtes de la famille ? lui demanda-t-elle. (Charles hocha la tête) Eh bien, je vous souhaite bien du plaisir, je jette l'éponge !

Elle disparut dans le couloir.

— Qu'as-tu encore inventé pour te rendre désagréable, ma chérie ?

Charles posa sa veste, ses gants et son écharpe sur le vieux fauteuil, et s'assit au pied du lit.

— Rien, c'est rien. Elle est complètement conne, cette infirmière, je veux voir Wendy.

Laura fit un geste pour se lever, mais Charles posa sa main sur la sienne.

— Elle va bien, elle est en salle de réveil. Ils ne te laisseront pas rentrer, il faut que tu attendes qu'ils la ramènent dans sa chambre.

Avec son regard doux et sa voix posée, il était le seul à pouvoir la raisonner et surtout la rassurer.

— Je ne pourrais pas supporter de la perdre.

Charles lui donna un mouchoir. Elle sécha ses yeux larmoyants.

— Rassure-toi, elle va bien, ils ont réduit la fracture de son bras. Vous vous en sortez bien toutes les deux.

— Ohhhhhhhhh ! Laura, ma pauvre petite !

Une tornade blonde fit irruption dans la pièce. Martine, la femme de Charles, jeta ses vêtements sur le fauteuil et poussa ce dernier pour s'asseoir à sa place.

— Ma pauvre chérie, comment vas-tu ? continua-t-elle. Tu as une tête épouvantable. Hein, Charles, elle a une tête épouvantable ? (Martine serra les mains de Laura entre les siennes) Mon Dieu, cette route est vraiment dangereuse, je l'ai dit cent fois, que cette route est dangereuse, mais personne ne m'écoute. Hein, Charles, je ne l'ai pas déjà dit cent fois ? (Elle se retourna de nouveau vers Laura) Vous allez venir vous installer quelque temps à la maison. Comment va Wendy ? Mon Dieu, ma pauvre petite, tu veux boire, manger ? N'y a-t-il personne dans cet hôpital pour s'occuper de toi ?

Martine avait sauté sur ses escarpins vernis et, telle qu'elle était entrée, elle repassa la porte à la recherche du personnel soignant.

— Je vais me renseigner pour savoir quand on pourra voir Wendy, je reviens, dit Charles. Vous avez eu vraiment de la chance de réchapper de cet accident.

— Ce n'était pas un accident, dit-elle en se redressant péniblement dans son lit. On nous a percutées délibérément.

— Tu es sûre ? Tu sais, la route est dangereuse et…

— J'en suis sûre, le coupa-t-elle. On nous a poussées dans le ravin.

Je connais cette route par cœur. Il y avait une autre voiture. Et puis un homme avec un appareil photo nous a suivies, hier soir.

— Pourquoi tu ne m'as pas téléphoné immédiatement ? On s'était mis d'accord, si vous aviez de nouveau des problèmes avec la presse, tu devais me le dire sans attendre.

— Il était tard, je comptais t'en parler aujourd'hui, se défendit-elle

— Tu as vu la voiture ?

Charles se rassit sur le bord du lit.

— Non, pas vraiment.

— Et cet homme, tu saurais le reconnaître ?

— Oui, je crois.

Elle préféra taire la photo prise par Wendy et surtout la recherche lancée sur l'ordinateur. C'était illégal et Charles les avait déjà sermonnées plusieurs fois.

— Repose-toi, ma chérie. Je m'occupe de vous.

Il déposa un baiser sur son front et ferma la porte derrière lui.

Wendy était dans sa chambre, tout s'était bien passé, elle avait plusieurs hématomes, et une fracture du cubitus droit. Elle devait rester à l'hôpital jusqu'à midi le lendemain.

Après l'avoir vue et une fois complètement rassurée, Laura s'était préparée à sortir. Elle était en train de lacer ses chaussures quand Charles revint avec des cafés.

— Je t'accompagne jusqu'à chez toi récupérer des affaires, puis je te dépose à la maison.

Il lui tendit le gobelet en plastique fumant.

— Je préfère rester chez moi. Je t'assure, tout va bien. Un bon bain et un bon dodo, et je reviens demain chercher Wendy.

— Hors de question, après ce que tu m'as raconté, vous ne restez pas seules. J'ai demandé un agent de police devant la chambre de Wendy, le commissaire me doit une faveur.

Laura passa sa veste. Son bras douloureux se rappela à son bon souvenir, elle grimaça.

— Tu as peut-être raison. Je vais me faire dorloter par Martine ce soir et demain on rentre à la maison.

— À la bonne heure, dit Charles en nouant son écharpe en cachemire.

Wendy avait fait une liste exhaustive de ce dont elle avait besoin. Laura avait presque tout récupéré, et elle était à la recherche des chaussons à pompons roses quand elle passa devant l'écran du PC. Wendy avait lancé une recherche pour identifier l'homme qui les avait suivies. Celle-ci n'avait toujours pas abouti. Est-ce que cet homme avait un rapport avec leur accident de voiture ? Et pourquoi leur vouloir du mal ?

Elles n'avaient pas d'ennemis, mais leur fulgurante notoriété leur avait amené déjà bien des ennuis, des lettres d'injures, des coups de téléphone obscènes, des menaces. Elle regarda l'homme de nouveau, ses yeux s'embuèrent. Elle essuya son visage dans la manche de son pull. Son regard se porta sur les fameux chaussons, qu'elle rangea dans le sac.

Elle descendit ensuite dans la véranda pour récupérer son portable. Tout son corps criait de douleur.

— Vivement un bon bain, se dit-elle à haute voix en s'étirant le bas du dos.

Elle avait un message en attente qu'elle écouta. La voix féminine à fort accent américain chuchotait presque.

— Laura, c'est Betty, s'il te plaît, appelle-moi dès que tu as ce message, c'est important. Tu sais, je continue toujours à me cacher pour fumer. Je t'embrasse.

Laura s'était figée. Elle n'avait pas revu Betty depuis des années, depuis le procès. Elle enfonça la touche de rappel, mais Betty ne décrocha pas. Elle laissa un message à son tour.

**

— Prends des vêtements chauds, il fait vraiment froid. (Charles épousseta la neige de son manteau) Je viens d'avoir le lieutenant Pons de la police judiciaire au téléphone, il voudrait te parler, je lui ai expliqué ce qui était arrivé, il passera demain à la maison après la sortie de Wendy. Tu vas bien ? s'inquiéta-t-il. Tu es livide.

— Oui, dit Laura en fermant son sac, je suis vraiment fatiguée et j'ai mal partout. (Elle attrapa son manteau) Allez, on y va.

Chapitre 4

Après un sandwich au thon et un café, le lieutenant Pons se dirigea vers la maison de maître Charles Bienva. Le commandant Lucien Nicopet devait quant à lui être présent à l'autopsie de l'inconnue.

La veille, il avait fait son compte rendu au juge d'instruction, les informations étaient d'une maigreur squelettique et Max, de mauvaise humeur. Comme c'était le jour de Noël, elle l'avait reçu chez elle. En lui ouvrant la porte, elle l'avait poussé vers son bureau en lui demandant d'être discret, car elle recevait des invités qui ne devaient pas être interrompus dans leurs festivités par un simple lieutenant. Pas besoin de plus pour se sentir une merde. Il n'aimait pas du tout la juge d'instruction Nicole Barduc, mais Max se devait d'être professionnel, même avec une idiote. Il avait donc exposé les faits exacts et concis. La juge, les lunettes juchées sur son long nez, avait tapoté longuement son stylo contre le rebord de son bureau en bois précieux. Les fauteuils de cuir et les drapés rouges donnaient une atmosphère très masculine à cette pièce, comme si les femmes de pouvoir se devaient de cultiver leur machisme pour garder le contrôle. Seules les photos de mariage et d'enfants rappelaient que la juge était une femme et une mère.

— Vous n'avez rien à part cette moitié de photo, et cette, comment déjà… (Elle relut ses notes) Laura Sasso ? Bon, voyez ce que vous pouvez savoir de plus avec elle, et tenez-moi au courant rapidement. Ne vous faites pas remarquer et claquez la porte en sortant.

Quand il arriva dans l'allée de gravier de maître Bienva, Lady Gaga chantait *Poker Face* à la radio. Il se gara devant l'entrée de la grande bâtisse. Il aperçut le jardinier qui déneigeait méthodiquement devant la porte du garage. Il soufflait énergiquement sous l'effort et un nuage givré s'échappait de sa bouche et de son nez.

— Bonjour, Monsieur, dit Max.

— Fais gaffe à pas glisser, gamin.

Le jardinier aux joues rougies par le froid fit un signe de tête en direction d'une grosse plaque de verglas. La porte s'ouvrit et Martine, habillée d'un tailleur en maille bouclée fuchsia et bleu roi, apparut sur le seuil.

— Monsieur le Commissaire, miaula-t-elle, je vous en prie, entrez.

— Merci, Madame Bienva. Je suis lieutenant, pas commissaire.

Martine plissa le nez et examina Max des pieds à la tête.

— Soit, entrez quand même, dit-elle. Attendez ici, je vais appeler Laura.

Elle disparut dans la pièce d'à côté. Max resta silencieux, il trouvait toujours déroutantes les mauvaises manières chez les gens qui, au premier abord, débordent de bonne éducation.

— Veuillez excuser Martine. (Laura se trouvait dans l'escalier, elle descendit les dernières marches) Bonjour, je suis Laura Sasso, dit-elle en lui serrant la main, je suis heureuse que vous vous soyez déplacé aussi vite. Ce n'était pas un accident, on nous a poussées dans le ravin. Si vous voulez me suivre, nous allons passer dans le salon. Charles va bientôt nous rejoindre.

Elle pivota et sa queue-de-cheval décrivit un arc de cercle. Max, toujours silencieux, enleva ses gants et son manteau, qu'il accrocha à la patère. Il suivit Laura jusqu'au petit salon tapissé d'un imprimé rayé semblable à celui des rideaux et du canapé. Un feu crépitait dans la cheminée. Laura s'assit dans le fauteuil en face du canapé et remonta ses jambes dans son pull trois fois trop grand. Elle avait des bleus sur le visage et des points de suture au-dessus de l'œil gauche.

— Je suis inquiète, continua-t-elle, je pense qu'on nous a poussées intentionnellement et que c'est ce mec qui nous a suivies la veille. On a reçu de nombreuses menaces. Nous sommes venues vivre ici parce que c'était devenu impossible à Paris. On a changé nos numéros et nos adresses mails (elle tendit une liasse de papiers à Max), on a tout gardé.

Wendy a réussi à pister quelques messages. On a porté plainte et puis petit à petit on nous a laissées tranquilles. Je pensais que c'était enfin terminé, ça fait plus d'un an. (Elle tripotait nerveusement l'alliance de sa mère, qu'elle portait à la main droite) Wendy devait sortir aujourd'hui, mais il préfère la garder encore une journée. Vous voulez quelque chose à boire, thé, café ?

— Non, merci. (Max sortit son pad et le tendit à Laura) Vous reconnaissez ces personnes ?

Laura fixa l'écran et ses mains se serrèrent à blanchir ses jointures.

— Pourquoi cette question, quel est le rapport avec le fait que l'on ait essayé de nous tuer ?

Elle détestait la police, qui n'avait jamais su l'écouter et l'aider, qui n'avait pas été capable d'arrêter le meurtrier de sa mère. Une bande d'abrutis et d'incompétents.

— Je ne sais pas encore. Je pense qu'en effet, si on vous a bien poussées dans le ravin, cette photo pourrait être en rapport avec votre situation.

— Vous mettez en doute ma parole.

La voix de Laura s'était durcie, elle bouillonnait. Son caractère explosif lui avait déjà créé de nombreux problèmes. Elle se rappela les conseils du thérapeute, elle prit une grande respiration et planta ses deux pieds dans le sol.

— Non, bien sûr. (Max lui tendit de nouveau le pad et planta ses yeux vert foncé dans les siens) Mademoiselle, s'il vous plaît, veuillez regarder attentivement cette moitié de photo et dites-moi si vous reconnaissez les personnes qui s'y trouvent.

Elle le dévisagea. Ce lieutenant assis en face d'elle avait quelque chose de différent. Elle décelait dans son regard la lueur d'une intelligence aiguisée. Il était rasé de près, ses cheveux bruns encadraient un visage carré qui inspirait la confiance. Elle écouta son intuition et décida que la meilleure solution pour le moment était de coopérer et de voir où cela allait la mener.

— La blonde au milieu, c'est Betty Wood, ma correspondante

américaine de l'époque, et à droite, c'est Céline Piochet. On a passé l'été ensemble au centre de vacances le Chalet Bleu sur la station de la Norma. Céline a été tuée par son petit ami (sa voix se brisa) le soir du Quatorze Juillet. C'était en 95 ou 96. Mais où avez-vous trouvé cette photo ?

Max lui expliqua la découverte du corps de Betty et de la moitié de photo dans le blouson. Laura s'était levée et regardait par la fenêtre, la neige s'était remise à tomber. Martine leur apporta du café et des gâteaux secs. Laura avait écouté attentivement, sans dire un mot. Elle se rappelait ces jours d'insouciance qu'elles avaient partagés au Chalet Bleu, le sourire mutin de Céline quand elles s'étaient fait choper en train de fumer. L'image s'estompa.

— Je dois vous poser quelques questions.

— Oui, bien sûr.

Elle essuya sa joue avant de se rasseoir dans le fauteuil. Surtout, ne pas montrer ses faiblesses, jamais. Elle prit sa tasse de café et souffla dessus.

— Aviez-vous eu des relations récentes avec la victime ?

— Non, je ne l'ai pas vue depuis des années. Après le procès, elle est rentrée aux États-Unis. Mais avant-hier, elle m'a laissé un message me demandant de la rappeler, je n'ai pas réussi à la joindre, j'ai laissé un message à mon tour.

— Que vous a-t-elle dit ?

— Elle voulait que je la rappelle, c'est tout.

Laura renifla.

— Où étiez-vous dans la nuit du vingt-quatre au vingt-cinq décembre ?

— J'ai fait des courses avec ma sœur, c'est là que nous nous sommes aperçues que cet homme nous suivait. (Elle tendit la photo) Nous sommes rentrées vers vingt-deux heures et puis nous nous sommes couchées.

Max s'appliquait à retranscrire les infos sur son écran tactile.

— L'alarme. (Charles venait de rentrer dans la pièce) Lieutenant

Pons, vous n'êtes pas en train de soupçonner Laura ou Wendy pour le meurtre de cette jeune femme ? Si c'est le cas, je vais vous demander de sortir, et de bien vouloir nous donner une convocation au commissariat.

— Non, bien sûr. (Max se retourna vers son interlocuteur) Mais comprenez bien, Maître, que je dois faire mon travail. Vous parliez d'une alarme, je crois ?

— Oui, la maison des filles dispose d'une alarme qui enregistre les heures où elle est active. Il est impossible de rentrer ou de sortir de la maison sans que le poste de police ne soit alerté en cas d'activation de l'alarme. Nous vous ferons parvenir les éléments nécessaires à votre enquête relatifs à la veille de Noël. Maintenant, dit-il d'une voix autoritaire, j'aimerais que vous preniez congé. Il se fait tard, si vous avez d'autres questions, nous nous tenons à votre disposition.

Max se leva.

— Oui bien sûr, merci de faire parvenir ces renseignements au commissariat le plus tôt possible. (Il tendit sa carte de visite à Charles) Je vais faire des recherches sur cet homme. Je vous tiens au courant, mais en attendant, je vous demanderais d'être très prudente et de ne pas vous déplacer seule. Je vais aussi, si vous le permettez, prendre les copies des mails et des lettres.

— Vous pensez que l'on est victimes d'un fou qui aurait pu tuer Betty ?

— Je ne pense rien, Mademoiselle, mais je ne dois négliger aucune piste. Au revoir.

À la sortie de la propriété, il écouta ses messages. Le premier était de sa mère. Elle déplorait qu'il ne soit pas venu les voir pour Noël et lui demandait s'il serait avec eux pour le jour de l'An. Son frère serait là avec sa femme et ses deux enfants. Max grimaça. Il se voyait déjà assis à côté de son père somnolent autour d'une table croulant sous la nourriture. Il passerait alors des heures à supporter les bavardages ininterrompus de sa mère. Elle était la seule personne qu'il connaissait à pouvoir parler sans jamais reprendre son souffle. Les enfants gesticulant, hurlant et se battant pour la multitude de nouveaux jouets à leur disposition. Il appuya sur « effacer ». Le deuxième message était de Lucien.

— Oh, jeunot, notre cadavre a été descendu par un 9 mm. Elle était sobre, pas de trace de lutte, on lui a tiré dans le dos, une seule balle de biais qui a transpercé le poumon droit avant de se loger dans le cœur. Bon, rapplique. Putain, je déteste parler à une fichue machine.

On entendait en arrière-plan des klaxons et des moteurs. Le commandant aux tempes grisonnantes devait être encore en train de fumer sur le trottoir. Depuis l'interdiction de fumer dans les lieux publics, le cendrier à l'effigie d'Audrey Hepburn avait disparu de son bureau. Coïncidence, le brouillard constant aussi. Quand il arriva au commissariat, Lucien était au téléphone. Assis devant l'ordinateur de Max, il tapait lentement ce que devait lui dicter le jeune boutonneux au ton arrogant du service informatique.

— Non. Ça ne fonctionne pas, ton truc, morveux. Oui, j'ai fait exactement ce que tu m'as dit, laisse tomber. (Il raccrocha) Putain, je m'y ferai jamais, à ces foutues machines. Tiens, jeunot, tu vas sûrement mieux t'en sortir que moi.

Lucien roula sa chaise jusqu'à son propre bureau. Il y trônait entre des piles de dossiers, une tasse avec le dessin d'une bimbo en maillot de bain rouge et une vieille machine à écrire de marque Olympia, la dernière du commissariat. Max s'assit devant l'écran.

— Qu'est-ce que tu essayais de faire, exactement ?

— Je voulais lancer une recherche sur les 9 mm détenus dans le coin, dit Lucien en se jetant un chewing-gum dans la bouche.

— Tu as trouvé où notre victime était logée ?

Max tapotait sur le clavier.

— Oui, elle était à l'hôtel du Perce-Neige, je t'attendais pour y aller. Je suis aussi descendu aux fichiers récupérer le dossier sur le meurtre de Céline Piochet. (Le dossier atterrit sur le bureau avec un gros boom) Mon petit doigt me dit que tu vas adorer l'info qui va suivre, jeunot.

— Tu as trouvé le meurtrier et je vais pouvoir enfin rentrer chez moi ?

— Presque ! Laurent Duval, le petit ami tueur, a été libéré sous contrôle judiciaire il y a une semaine. J'ai montré sa photo au videur de la boîte de nuit, il l'a identifié. C'est l'homme qui se trouvait avec Betty le soir du meurtre.

— Tu penses qu'il l'a tuée pourquoi ?

Max connaissait la seule devise du vieux commandant : « S'il a l'air coupable c'est que c'est certainement le cas ». Certes, neuf fois sur dix, ce dicton lui donnait raison, mais pour Max cela ne suffisait pas. Malgré les preuves récoltées et le mobile constaté, il continuait à gratter jusqu'à éradiquer le moindre doute. Il ne laissait jamais de place à l'intuition, qui pouvait brouiller les sens et restreindre son objectivité.

— Elle a témoigné avec Laura Sasso contre lui. À l'époque, il avait déjà été violent avec Céline. Il était connu dans le village pour ses bagarres, surtout quand il était bourré. On n'a trouvé aucune empreinte exploitable, aucun témoin, il a été inculpé surtout par rapport à sa personnalité et aux témoignages.

— Je vais d'abord en informer la juge d'instruction, demander un avis de recherche pour Laurent Duval, donner ces lettres et ces mails à l'IJ et puis on part pour l'hôtel.

— Tu as vu l'heure, jeunot ? Il est plus de vingt et une heures, on ira demain à la première heure. Pour l'instant, je rentre ma vieille carcasse.

Chapitre 5

Max rentra chez lui. Après une bonne douche chaude qui lui rougit la peau, il s'installa avec un verre de coca dans le fauteuil du salon. Il se remémora les événements de ces derniers jours. D'abord l'accident des sœurs Sasso. Il ne croyait pas vraiment aux coïncidences, et la théorie du fan tueur ne le convainquait pas. Il se devait tout de même de vérifier cette hypothèse avant de l'éliminer. Un témoin avait croisé un véhicule roulant à grande vitesse, avant de voir la voiture dans le ravin et de prévenir les pompiers. Il n'avait pas eu le temps de relever l'immatriculation, ni de voir le conducteur. Il était probable que si Laurent Duval voulait se venger, il s'était attaqué d'abord à Betty et ensuite à Laura. Cette affaire était compliquée. Pas d'arme, pas d'empreintes, pas de témoin. Et puis cette photo ressuscitant une affaire vieille de quinze ans…

Il se plongea dans le dossier du meurtre de Céline Piochet. Il lut chaque page et examina chaque photo. C'était une histoire banale, une dispute qui avait mal tourné. Laurent Duval était connu pour sa jalousie maladive et sa nature colérique. Un simple regard ou un geste qui lui apparaissaient comme suspects, et il explosait. De nombreux témoins s'étaient présentés à la barre pour décrire un jeune homme emporté et parfois violent, sous l'emprise de l'alcool. Betty et Laura avaient été les témoins de l'une de ces scènes habituelles de jalousie, quelques jours avant le drame.

Le président : « Mademoiselle Sasso, veuillez décliner votre identité. »

Laura Sasso : « Je m'appelle Laura Sasso, je suis née le 11 juin 1979 à Saint-Jean-de-Maurienne, j'habite avec ma grand-mère et ma sœur dans un chalet sur les hauteurs de la Norma. »

Le président : « Comment connaissez-vous le prévenu ? »

Laura Sasso : « *Il était le petit ami de Céline depuis le début de l'été. Ça fait trois ans qu'on se retrouve, Céline et moi, chaque été au Chalet Bleu, c'est un camp de vacances.* »

Le président : « *Le prévenu faisait-il lui aussi partie des participants, à ce camp de vacances ?* »

Laura Sasso : « *Non. Mais il traînait souvent avec ses potes près de la piscine. Je connais son frère Thibault, on est dans la même classe. C'est comme ça que Céline l'a rencontré.* »

Le président : « *Veuillez nous relater les faits dont vous avez été témoin, le 14 juillet à 11 h 15.* »

Laura Sasso : « *Ils se disputaient encore. Je veux dire, Céline et Laurent. Ils se disputaient tout le temps. Il était jaloux de tout. Elle ne pouvait parler à aucun garçon et il pétait les plombs quand elle s'habillait en jupe. Mais Céline, elle trouvait ça drôle de le provoquer. Elle était comme ça, elle aimait agacer son monde et nous aussi on s'amusait bien.* »

Le président : « *Pourquoi cette dispute était-elle différente des autres ?* »

Laura Sasso : « *On attendait Céline en bas du bâtiment. Il faut être à l'heure pour le repas, sinon on se tape les restes et, en général, c'est dégueulasse. Pardon. Ils s'engueulaient fort et puis, sans crier gare, il l'a giflée. Après, elle a même eu une grosse marque rouge sur la joue. On s'est précipitées en le traitant de tous les noms, mais il est parti.* »

Le président : « *Avez-vous entendu le sujet de la dispute ?* »

Laura Sasso : « *On était loin avec Betty, on n'entendait que des éclats de voix. Mais Céline nous a dit qu'ils avaient cassé.* »

Le président : « *Avez-vous revu le prévenu, après ça ?* »

Laura Sasso : « *Non.* »

Des centaines de femmes mouraient sous les coups de leur conjoint sans que personne ne s'en préoccupe vraiment. Mais là, la jeune fille avait quinze ans, son bourreau dix-sept ans. La tête de l'adolescente avait été frappée de nombreuses fois contre une pierre. Cette histoire avait ému l'opinion publique. Une marche blanche avait été organisée et de nombreux bouquets de fleurs et des peluches avaient été déposés devant la porte du camp de vacances. En faisant des recherches sur

Internet, il trouva de nombreux articles sur l'affaire. Les journalistes s'en étaient donné à cœur joie, alimentés en informations par une source anonyme. Ils avaient suivi chaque pas de l'affaire, disséqué la vie de Laurent et de Céline, qu'ils avaient rebaptisés « la belle et la bête ». Une copie du dossier du médecin légiste avait été envoyée aux journaux qui avaient publié plusieurs passages avec les photos du corps, expliquant la brutalité avec laquelle la jeune Céline avait été assassinée. Le petit ami Laurent Duval avait tout de suite été suspecté. Il était connu pour ses colères et ses bagarres. C'était l'aîné de cinq frères élevés par une mère qui avait trimé toute sa vie pour garder la ferme à flot et pour les faire vivre. Il avait quitté l'école à seize ans pour l'aider. Ses frères étaient aussi connus pour des vols à l'étalage et de voitures. C'était tout simplement la famille à ne pas fréquenter. Dans une petite ville, la réputation fait foi, qu'elle soit réelle ou non, d'ailleurs.

En effet, Lucien avait raison. On avait retrouvé, sur le corps de Céline, des cheveux et des filaments appartenant à Laurent. Mais quoi de plus banal, pour un petit ami ? Les policiers n'avaient trouvé aucune empreinte à part celle d'une basket de marque Reebok de taille quarante-trois. Laurent Duval en possédait une paire, mais elle ne correspondait pas. Max se rappela ses propres Reebok. Tous les ados, même les moins branchés, en avaient une paire, à l'époque. Pas de preuve directe et aucun témoin. Laurent n'avait pas vraiment d'alibi, il avait dit avoir passé la soirée chez lui dans sa chambre. Sa mère avait confirmé ses dires. Mais la parole d'une mère face à une réputation de mauvais garçon n'avait pas fait le poids. Après les déclarations de Betty et Laura révélant le mobile, les jurés n'avaient même plus besoin du réquisitoire des avocats pour établir leur intime conviction. Il avait été jugé coupable. Poussé par la population en colère, le procureur avait demandé une peine exemplaire de vingt ans. Preuve supplémentaire de sa culpabilité, Laurent n'avait laissé transparaître aucune émotion lors du verdict et avait gardé le silence tout le long du procès.

Max plissa les yeux, il était vraiment tard. La dernière feuille du dossier était une demande de réouverture. Max se redressa dans son fauteuil club. L'avocate n'était autre que Betty Wood. Il se souvint de la discussion qu'il avait eue avec la mère de Betty, lorsqu'il lui avait annoncé la mort de sa fille unique.

— Vous devez le retrouver, il est dangereux, il a réussi à l'attirer jusqu'à lui. (Elle sanglotait) Ma fille a été complètement détruite par cette histoire, c'est elle qui a trouvé la petite Céline, vous le saviez ? Elle ne s'en est jamais vraiment remise, elle s'est laissé envahir par son travail au point de ne plus avoir de vie privée. Elle n'était pas heureuse, ma fille, et on n'a rien pu faire. Un jour, elle m'a dit « tu sais, maman, je me demande parfois si on ne s'est pas trompées, si on n'a pas mis un innocent en prison ». C'est devenu une obsession et quand il a accepté de la voir, elle a eu un sourire que je ne lui connaissais plus. À ce moment-là, elle a été heureuse. Mais moi, je l'ai toujours su, il l'a manipulée pour l'attirer et se venger. Il a tué la petite Céline et il a tué ma fille.

Elle avait raccroché, le laissant avec ses questions.

Il regarda sa montre. Il était deux heures moins le quart. Avec le décalage, il devait être aux alentours de vingt heures à New York. Max composa le numéro de Beverly Wood.

— Hi !

— Bonjour ! Lieutenant Pons, je suis navré de vous déranger en ces moments difficiles, mais j'aurais une ou deux questions à vous poser.

— Oui, of course. Mais faites vite, je suis pressée.

— Vous saviez que Betty était l'avocate de Duval ?

— Non, impossible, elle avait démissionné depuis un an. Lieutenant, ma fille a fait une grave dépression avec épisode psychotique. Elle a été internée pendant quelque temps, suite à une tentative de suicide. Elle était obsédée par cet homme, elle se considérait comme son ange rédempteur. Elle voulait à tout prix le sauver, alors qu'il a gâché sa vie. Elle est partie en France contre ma volonté, si j'avais pu la retenir…

Elle ravala un sanglot.

— Vous connaissez Laura Sasso ?

— Oui, c'était une gentille jeune fille avec un caractère bien trempé. Betty l'aimait beaucoup. Mais elles n'avaient plus de contacts, enfin, je crois.

— Merci, Madame. Je vous présente encore mes condoléances.

Le lendemain, ils arrivèrent tôt à l'hôtel. La neige avait enfin fini de tomber et le soleil pointait derrière la montagne. En sortant de la voiture, Max s'arrêta un instant. Il ne se lassait pas de ce paysage changeant. Les rayons de soleil faisaient scintiller les gouttes d'eau accrochées aux branches. Ses chaussures crissèrent sur la croûte de neige. Si seulement tout pouvait ressembler à un paysage enneigé, calme, immaculé, silencieux. Le gardien les emmena jusqu'à la chambre 23. La porte était ouverte. Lucien dégaina.

— Restez derrière, ordonna-t-il au concierge.

Max pénétra dans la pièce, arme au poing. La chambre avait été entièrement retournée. Ils vérifièrent la salle de bains et le placard, mais il n'y avait plus personne.

— J'appelle l'identité judiciaire, dit Lucien en sortant son portable.

Max arpenta la pièce, contrôla minutieusement chaque recoin. Une pile de documents gisait au pied du lit. Betty était descendue dans cette chambre une semaine plus tôt, d'après le concierge. Max s'était renseigné auprès de la prison. Elle rendait visite à Laurent tous les mois depuis plus d'un an et la demande de révision datait de la semaine dernière. Betty ne s'était jamais inscrite comme avocate sur le registre des visites. Il se passa la main dans les cheveux. Il l'avait séduite et puis… Pas de conclusion hâtive, pour l'instant, aucune preuve qu'il soit l'assassin. Espérons qu'on lui mette la main dessus rapidement. Une fois en garde à vue, il lui ferait cracher le morceau. Max s'agenouilla près des papiers, mais il ne trouva rien sur Laurent Duval ou le meurtre de Céline Piochet, seulement des coupures de presse sur des affaires d'adoption frauduleuses et des journaux médicaux. Il examina les vêtements jetés au sol. Il regarda sous le lit défait, dans les tiroirs à moitié ouverts. Il passa ensuite à la salle de bains. Des bijoux et des produits de beauté étaient répandus sur le sol, des serviettes gisaient sur le rebord de la baignoire. Lucien passa la tête dans l'ouverture de la porte.

— Tu sais ce qu'il manque ? dit Max en enjambant une bouteille de parfum et un shampoing à la camomille. Son téléphone portable.

— Elle n'en avait peut-être pas.

— Tu plaisantes ! À part toi, qui peut se passer d'un téléphone portable ?

— Tu crois qu'on a mis sa chambre en vrac pour le récupérer ?

— Peut-être, elle a laissé un message à Laura Sasso le jour de sa mort. Je vais passer chez elle pour récupérer le numéro. J'espère que Youcef pourra faire une recherche.

Chapitre 6

« T u ne vas pas conduire. (Charles avait posé la main sur son épaule douloureuse) Tu peux à peine lever le bras, nous allons chercher Wendy ensemble. Tu as entendu le lieutenant, tu ne dois pas te déplacer seule. »

Laura se dégagea et récupéra les clefs qui traînaient sur le guéridon de l'entrée. Elle enfila son manteau.

— Ne te fais pas de souci. Je suis une grande fille, lui dit-elle en claquant la porte.

Arrivée à l'hôpital, elle se gara au deuxième sous-sol. Elle éteignit le moteur et déverrouilla les portes. Le bip que la voiture émit la fit sursauter. Elle balaya du regard le grand parking bondé. Son cœur cognait dans sa poitrine. Quelle idiote, pensa-t-elle, pourquoi avoir refusé que Charles t'accompagne ? Réfléchis au lieu de foncer tête baissée. Mais elle avait beau se raisonner, la plupart du temps, son cerveau se débranchait au profit de son tempérament.

Ses talons résonnaient d'un pas rapide, elle approchait de la porte de l'ascenseur. Elle appuya sur le bouton noirci. Ses points de suture lui faisaient mal et son épaule était toujours douloureuse, malgré les anti-inflammatoires. Elle ne vit pas les portes s'ouvrir. Le mouchoir plaqué sur sa bouche et son nez l'obligea à respirer le chloroforme, ses jambes se dérobèrent sous son poids, elle perdit connaissance. À son réveil, elle était couchée sur un lit une place, ses poignets accrochés avec des menottes aux barreaux au-dessus de sa tête. Cette position était éprouvante pour son épaule meurtrie. Elle entendit des pas derrière la porte. Son instinct lui dit de ne pas faire de bruit.

— Ne panique pas et réfléchis, se dit-elle en tirant sur les menottes.

Elle regarda autour d'elle. Elle se trouvait dans une chambre tapissée de vieux posters de joueur de foot. Sur une étagère, des BD et des coupes poussiéreuses. Rien qui pouvait lui servir. Au pied du lit, un bureau débordant de journaux. Et, par terre, son sac à main et ses chaussures.

— Mon portable, il faut que j'attrape mon portable.

Elle s'étira, pointant les doigts de pied vers l'anse de son sac. L'élancement dans son épaule lui fit monter les larmes aux yeux. Elle se mordit les lèvres pour ne pas hurler. Tout à coup, la poignée de la porte s'abaissa. Elle reprit sa place et fit semblant de dormir encore. La porte s'ouvrit. Entre ses yeux mi-clos, elle aperçut la silhouette d'un homme.

— Salut, Laura, dit-il d'une voix douce. C'est moi, Laurent, j'ai besoin de toi, tu vas m'aider, tu me le dois.

Elle ravala un cri.

*
* *

Il faisait nuit noire, il devait être dix-sept heures passées. La neige s'était remise à tomber. Laura, couchée dans la même position depuis le matin, commençait sérieusement à avoir mal à l'épaule et maintenant au dos. Elle essayait tant bien que mal de changer de position. Après plusieurs tentatives, elle avait compris qu'il était impossible de récupérer son sac. Pourtant, son pied l'effleurait. Mais impossible de le rapprocher suffisamment pour récupérer le téléphone.

— Tu comprends, lui avait-il dit, je n'ai tué personne, ni Céline, ni Betty, je les aimais, mais personne ne me croira. (Il avait tiré une chaise pour s'asseoir au niveau de la tête de lit) Mais toi, ils te croiront. (Il avait agrippé ses cheveux et tiré sa tête en arrière) Ils t'ont crue, la première fois. Mais je ne t'en veux pas, pas vraiment.

Il avait relâché la pression. Elle avait senti les larmes monter. Son haleine sentait l'alcool. Surtout, ne pas le provoquer. Elle avait détourné le visage en direction du mur.

— Tu as toujours été la plus forte, hein ! avait-il repris. La petite fille riche. Tu ne m'as jamais apprécié. Je m'en tape, mais réfléchis bien à ce qui pourrait t'arriver si tu ne coopères pas.

D'un coup de pied violent, il avait poussé la chaise contre le mur et il était sorti de la pièce pour y revenir quelques minutes plus tard.

— Regarde ! avait-il ordonné.

Elle avait relevé les yeux. Elle avait vu une moitié haute de photo et reconnu tout de suite celle que le lieutenant Pons lui avait montrée la veille. Cette photo qui se trouvait dans le blouson de Betty. À cette époque, elle était heureuse, insouciante, mais ça, c'était avant le meurtre de Céline qui avait ravivé la plaie béante laissée par la mort de sa mère. Il s'était ensuivi des années difficiles où Laura s'était mise à détester la Terre entière, y compris elle-même, surtout elle-même. *Mon Dieu, il l'a tuée et il va me tuer aussi.* Sa gorge s'était serrée.

— Regarde ! (Elle avait fixé son attention sur l'endroit où il avait posé son doigt.) Regarde bien, là, tu ne vois rien ? avait-il dit en rapprochant la photo de son visage.

— Une voiture, avait-elle tenté d'une voix rauque.

— Pas une voiture, LA voiture. Tu sais, celle que je suis le seul à avoir vue. Cette foutue 106 blanche qui suivait Céline, qui nous suivait. Tu la vois, elle est là, cette putain de bagnole ! Quand Betty l'a vue sur la photo, après toutes ces années, elle m'a appelé. Elle voulait m'aider. Au départ, je me suis dit « à quoi bon, qui me croira » ? Et puis elle m'a dit qu'elle, on la croirait. (Il s'était levé et avait fait les cent pas en se tenant la tête entre les mains) On s'est rapprochés, elle est venue me voir au parloir chaque mois pendant un an. Elle était sur le point de réussir. Ce soir-là, elle m'a dit que tout serait bientôt terminé. Mais maintenant, elle est morte, on croit que je l'ai tuée, si la police me trouve, ils me remettront au trou. Et je n'y retournerai jamais, tu entends, jamais !

Il avait disparu dans l'embrasure et avait claqué la porte. Depuis, elle était seule, il avait arpenté la pièce voisine un long moment et puis la porte d'entrée s'était ouverte et elle l'avait entendu s'éloigner dans la neige. Elle avait laissé les larmes se déverser.

— Comment c'est possible ? Comment j'ai pu me retrouver dans ce merdier ?

Elle tira sur les menottes sans succès. Elle pensa à Wendy. Sa rage se décupla. Elle se mit à hurler et à se tordre dans tous les sens. Elle tira sur ses mains de toutes ses forces, mais les menottes ne cédèrent à aucun de ses assauts. Complètement vidée, elle se figea et fixa son regard sur le plafond jauni. Elle ne savait pas ce qui était le pire, à présent ; qu'il revienne ou qu'il ne revienne pas. Elle ne savait pas du tout où elle était, elle avait appelé à l'aide sans succès et elle avait mal, terriblement mal. S'il revenait, que lui ferait-il ? Il sentait l'alcool à plein nez. S'il ne revenait pas, qui finirait par la retrouver et surtout quand ? Elle commençait à avoir très soif. Elle se tortilla sur le matelas et se remit à hurler pour qu'on vienne la détacher.

*
* *

Lorsque Max arriva chez les Bienva, il trouva Charles sur le perron, en grande discussion au téléphone.

— Oui, oui, chérie, ne t'inquiète pas. Elle vient de partir te chercher. Je vais contacter la police pour leur donner le renseignement. Justement, voilà le lieutenant Pons. Écoute, on se voit à la maison. Vous êtes médium, dit-il en raccrochant, j'allais vous téléphoner.

— Où est mademoiselle Sasso ? Je dois lui parler immédiatement.

— Elle est allée chercher sa sœur à la clinique. À ce propos, je dois vous signaler la découverte de Wendy. Elle a identifié, ne me demandez pas comment, l'homme qui les a suivies. Il s'appelle Étienne Michot, il est connu de vos services pour avoir harcelé sa voisine pendant deux ans.

— En effet, je préfère ne pas savoir comment elle a eu accès au fichier de la police. Mais sa réputation la précède. OK, nous allons interroger ce monsieur. Pouvez-vous demander à mademoiselle Sasso de me contacter rapidement ? Au revoir, Maître.

— Lieutenant, il faut retrouver cet homme rapidement.

— Bien entendu, Maître, dit-il en s'éloignant.

De retour à sa voiture, il décrocha son portable.

— Allô, Lucien, peux-tu trouver un certain Étienne Michot ?

— Bonne pioche, jeunot, il est actuellement dans nos locaux. Les mails que les sœurs ont reçus viennent de son ordinateur.

— J'arrive.

Max était assis à son bureau. En face, un petit rondouillard regardait ses chaussures. Des gouttes de sueur perlaient sur son crâne chauve. Lucien était adossé au mur, à côté de la porte.

— Monsieur Michot, avez-vous, oui ou non, suivi les sœurs Sasso, le soir du vingt-quatre décembre ?

Pas de réponse.

— Écoutez, Monsieur Michot, vous êtes connu pour des agissements similaires sur votre ex-voisine. Nous savons que les mails viennent de vous et que vous suiviez les sœurs ce soir-là, elles vous ont pris en photo, dit Max en poussant le cliché vers Étienne Michot.

Le petit homme leva les yeux, regarda la photo, sortit un mouchoir crasseux de sa poche et s'épongea le front. Il retourna à la contemplation de ses chaussures, sans un mot.

— Monsieur Michot, où étiez-vous le vingt-cinq décembre entre onze heures et midi ?

Pas de réponse.

— Monsieur Michot, si vous ne vous expliquez pas, je devrai vous inculper pour tentative de meurtre, vous comprenez ?

— Ça suffit ! hurla Lucien en donnant un grand coup sur le bureau. (Le petit bonhomme leva ses mains entravées pour protéger son visage) Écoute, je ne le répéterai pas, chuchota-t-il à l'oreille du gardé à vue. Tu vas répondre aux questions que l'on te pose poliment, sinon je te les reposerai à ma façon. Est-ce que là tu piges ?

Il lui serra la nuque, Étienne Michot émit un gémissement.

— Je ne comprends pas ce que vous voulez, murmura-t-il.

— Notre ami veut un tête-à-tête, clama le commandant en martelant son poing dans sa paume.

Max se leva.

— Non, attendez, vous n'avez pas le droit, je peux vous expliquer. C'est vrai, je les suivais. Je vais tout vous dire.

— Je vous écoute, Monsieur Michot.

Max se rassit derrière son ordinateur.

— Bon, si on n'a plus besoin de moi. Méfie-toi, petit avorton. Je ne suis pas loin, dit Lucien en pointant du doigt le grassouillet.

Il récupéra son paquet de cigarettes et abandonna Michot, terrorisé mais coopératif.

— Monsieur Michot, je vous écoute.

— Je me suis intéressé à Wendy depuis que je l'ai vue à la télé. Vous l'avez vue, elle est belle comme un coucher de soleil, et puis elle est intelligente. Vous saviez qu'elle avait étudié les sciences ?

— Non, Monsieur Michot. Expliquez-moi plutôt pourquoi vous avez essayé de faire tomber leur véhicule dans le ravin le vingt-cinq décembre à onze heures du matin.

— Je… Je ne comprends pas, balbutia-t-il, je n'ai rien fait de mal.

— Et mon client ne vous dira plus rien. (La porte s'était ouverte sur une jeune avocate en tailleur gris) Bonjour, Max, dit-elle en rajustant ses lunettes.

— Bonjour, Clotilde. (L'image de la cascade de cheveux blonds sur ses épaules nues passa devant ses yeux) Tu as l'air en forme. (Le drap blanc glissant de ses hanches et laissant découvrir ses courbes parfaites…)

— Où sont donc ce cher commandant et ses méthodes d'interrogatoire douteuses ?

Elle réajusta de nouveau ses lunettes.

— Il m'accuse de tentative de meurtre, et ce commandant dont vous parlez a essayé de m'intimider, mais j'ai résisté. Je n'ai rien fait, rien du tout.

Étienne Michot s'était redressé et arborait à présent un sourire victorieux.

— Tiens, maître Sherpa. (Lucien se tenait dans l'embrasure de la porte) Laissez votre petite bouche délicieuse close et regardez ceci. On est allés chez vous, Monsieur Michot. Votre mère, cette femme charmante, nous a ouvert et nous a laissés visiter votre chambre.

Intéressant, n'est-ce pas ?

Sur le bureau, se trouvaient pêle-mêle des articles de journaux, des photos des sœurs prises au téléobjectif et des dizaines de copies de mails, tous adressés à Wendy.

— J'ai surtout apprécié la lecture de celui où tu expliques, oh, pardon maître, où vous exprimez votre rage et votre animosité envers Wendy Sasso. Comment écrivez-vous, déjà ? (Lucien frotta sa barbe naissante) Ah oui ! « Tu vas crever, espèce de garce ». Bien du plaisir, dit-il en faisant une sorte de révérence à l'intention de Clotilde.

Elle le regarda d'un air méprisant et réajusta de nouveau ses lunettes.

— Je voudrais m'entretenir seule à seul avec mon client.

— Mais bien entendu, on vous laisse.

Max et Lucien sortirent dans le couloir.

— Un café ? proposa Lucien.

— Oui, merci. On a des nouvelles de Laurent Duval ?

— On est allés voir à l'adresse qu'il a donnée à sa sortie. L'appartement est occupé par un jeune couple qui ne le connaît pas. On est allés voir à la ferme où il vivait quand il était jeune, mais c'est vide. C'est un gamin du pays, il connaît ces montagnes par cœur, et s'il veut se cacher, on aura du mal à le trouver. Ah ! J'ai autre chose, j'ai fait des recherches sur Betty, elle a vidé ses comptes en banque. Dis, jeunot, qu'est-ce que tu penses de Michot ?

— Il est fêlé, mais c'est un froussard, je ne pense pas... (Son téléphone vibra dans la poche de sa veste) Allô ?... OK, on arrive. On a retrouvé le véhicule de Laura Sasso dans le parking de l'hôpital à Saint-Jean-de-Maurienne, mais personne ne l'a vue depuis ce matin. J'appelle la juge, il faut qu'on trouve Duval. On devrait retourner voir à la vieille ferme. Je ne vois pas d'autres endroits où il pourrait se réfugier, il fait trop froid, il ne peut pas se planquer en pleine nature.

— OK, jeunot, j'appelle la BAC en renfort et on décolle.

Chapitre 7

Laura cligna des paupières. Que savait-elle exactement de Céline ? En vérité, pas grand-chose. Elles s'étaient rencontrées au Chalet Bleu. Elles devaient avoir environ onze ans. Elles se retrouvaient chaque été au mois de juillet pour trois semaines. Ensuite, elles se séparaient jusqu'à l'été suivant. Céline repartait chez elle, dans le nord de la France, tandis que la grand-mère de Laura les emmenait, elle et Wendy, pour un mois au bord de la mer, parfois la Méditerranée, plus souvent l'océan Atlantique. Betty, sa correspondante américaine, les avait rejointes pour la première fois cet été fatidique. Elles avaient formé un trio inséparable dès les premiers moments : Laura la rebelle, Céline la malicieuse et Betty la rigolote.

Est-ce que Céline aurait pu leur cacher un autre petit ami que Laurent ? Possible, la fidélité à quinze ans est une utopie, surtout pour ce petit bout de femme blonde venu du Nord. Et à trente ans, Laura avait appris qu'on pouvait cacher des choses aux gens, surtout à ceux qu'on aime, même si ce sont vos meilleures amies et que vous vous promettez de tout partager.

Est-ce qu'un autre garçon que Laurent aurait pu la tuer ? Il était évident que le crime était passionnel, il fallait une rage folle, un désespoir profond pour heurter sa tête contre ce rocher jusqu'à ce que sa boîte crânienne éclate. Laurent semblait le meilleur candidat. Il était jaloux, violent et fol amoureux de Céline. Mais un autre garçon, conduisant une voiture blanche, aurait pu la suivre et l'assassiner. Peut-être qu'elle lui avait donné rendez-vous.

Laura s'était toujours demandé pourquoi son amie s'était rendue au lac si tard. Elle se souvint de Céline, toute pimpante dans sa robe rouge, heureuse de participer aux feux d'artifice. Elle avait disparu environ une heure avant que Betty ne retrouve son corps. Qu'est-ce qui s'était vraiment passé pendant ces soixante minutes qui avaient altéré tellement de destins ?

Pauvre Betty... Son cri avait transpercé la nuit étoilée. Elle était revenue sur la place où se tenait le bal, haletante, le regard perdu, abîmée par l'image du corps mutilé de son amie. Elle n'avait jamais plus été la même. Petit à petit, elles avaient coupé les ponts. Se revoir, c'était garder à l'esprit ce qui était arrivé à Céline et ça, c'était devenu trop dur pour Betty. Pourtant, quinze ans plus tard, elle lui avait laissé un message et maintenant elle avait aussi été assassinée. Laura sentit un courant d'air lui remonter le long de la colonne vertébrale. Ses deux amies étaient mortes et elle se retrouvait attachée à un lit dans un lieu inconnu, avec un homme qui avait passé la moitié de sa vie en prison et qui semblait ne plus avoir toute sa lucidité. En cherchant dans sa mémoire, elle se rappela vaguement avoir entendu Céline parler de cette voiture, mais après toutes ces années, elle ne se souvenait plus dans quelles circonstances.

Laurent avait ouvert une porte béante avec cette photo. Betty croyait en son innocence, elle devait avoir de bonnes raisons. Laura se promit d'avoir le fin mot de l'histoire, pour Céline la malicieuse et Betty la rigolote. Son estomac émit un grognement. Elle commençait à avoir faim, mais sa priorité, c'était la soif. Elle passa la langue sur ses lèvres sèches. Pourvu qu'il lui amène de l'eau. Elle vit de la lumière sous la porte.

— Laurent, je t'en prie, je meurs de soif ! (Le son enroué de sa voix la surprit, elle se racla la gorge) Laurent, enfoiré de détraqué, laisse-moi partir ! hurla-t-elle.

La porte s'ouvrit, la lumière l'obligea à fermer les yeux. Son cœur cogna dans sa poitrine, elle sentit sa gorge se serrer.

— Mademoiselle Sasso.

Le lieutenant Pons posa la main sur son épaule, elle sursauta. Il s'agenouilla et la détacha. Dans un élan de soulagement, elle se jeta dans ses bras et resta sans bouger.

— Jeunot, l'ambulance est là, dit Lucien en allumant dans la pièce.

— D'accord, laisse-lui un instant, dit-il en refermant les bras sur elle.

— Merci, dit-elle dans un souffle.

Une fois Laura en sécurité et au chaud dans l'ambulance, Max et Lucien se dirigèrent vers la vieille grange.

— Alors, raconte, demanda Lucien en allumant une cigarette.

— Il l'a enlevée dans le parking, il ne lui a apparemment fait aucun mal. Elle a passé la journée attachée sur le lit. Si on ne l'avait pas retrouvée, ça aurait pu mal finir.

— En effet, il n'était pas près de revenir.

Lucien poussa la porte de la grange. Le cadavre de Laurent gisait par terre. La moitié droite de sa tête n'était plus qu'une bouillie épaisse qui dégoulinait sur le sol. Sa main droite était repliée sur un pistolet. Le brigadier-chef Boulahdid entra à son tour, sa mallette noire à la main.

— Il fait un temps pourri. Bon, qu'est-ce qu'on a ?

— À toi de nous le dire, mais à première vue, il s'est suicidé.

Youcef s'agenouilla et posa sa mallette. Il jucha ses lunettes sur son nez rond, puis il enfila des gants en les faisant claquer sur ses poignets. Il examina chaque partie du corps, il s'arrêta quelques minutes sur le crâne béant, puis sur l'arme. Il sortit ensuite un sachet, il y inscrivit l'heure, le lieu, la date et apposa sa signature. Il y plaça le Beretta et fit disparaître le tout dans sa mallette. Le brigadier-chef aux airs de père Noël se releva.

— Bon, l'arme est un 9 mm. Je saurai si c'est l'arme qui a tué l'Américaine seulement après comparaison. Ma première conclusion, il s'est suicidé d'une balle en pleine tête. (Il bâilla.) Excusez-moi, je suis crevé, j'ai toute la famille à la maison pour les fêtes.

— Il est là depuis combien de temps ?

Max avait sorti son pad.

— Pas plus de trois heures, le corps est encore souple et chaud. On l'emmène.

Deux employés de la morgue enveloppèrent le corps dans une

housse et le placèrent sur une civière. Le vent s'engouffra dans la grange quand ils passèrent la porte.

— Quel temps de chien, grogna Lucien en remontant son col. Affaire classée, on rentre à la maison.

— Oui, il semblerait bien, dit Max d'un air pensif.

— Oh, je connais ce ton sceptique, jeunot. Il reste deux ou trois points à vérifier, mais l'histoire est simple. Laurent Duval sort de prison. Il tue Betty et enlève Laura par vengeance. Il se suicide. Fin de l'histoire. (Il alluma une cigarette) Allez, on boucle la paperasse et on rentre à la maison. Sophie doit m'attendre dans une magnifique petite nuisette. Je t'ai déjà parlé de Sophie ? Belle, brune, des yeux de biche…

Sa voix se perdit dans les sifflements du vent. Arrivé à la voiture, Max fit démarrer le moteur et mit le chauffage à fond. Il brancha à l'allume-cigare son portable qui émit un bip. Il écouta le message. La voix de la juge Barduc vociféra à travers le haut-parleur.

— Lieutenant Pons, je viens d'avoir une discussion très instructive avec maître Sherpa. Intimidation de témoin, interrogatoire sans la présence d'un avocat. Vous voulez qu'on vous vire, c'est ça ? Vous êtes avisé. La prochaine fois, vous finirez aux archives à classer des dossiers. Dès que vous avez ce message, vous libérez monsieur Michot et vous présenterez vos excuses pour votre conduite inacceptable et celle du commandant Nicopet.

Max souffla, il n'avait pas le choix. Il passa la première et monta le son de la radio. Lady Gaga chantait *Dancing in the dark*.

Chapitre 8

« L'auteur de l'enlèvement d'une jeune femme de trente ans, Laurent Duval, s'est donné la mort quelques heures avant que la police puisse l'appréhender. Le procureur a confirmé que l'arme retrouvée était celle qui avait été utilisée quelques jours plus tôt dans le meurtre d'une jeune avocate américaine, Betty Wood. Laurent Duval venait de sortir de prison après quinze ans d'incarcération pour le meurtre de Céline Piochet, sa petite amie au moment des faits. Cette affaire relance le débat sur la récidive. Je laisse la parole à notre expert… »

Laura éteignit la télé, elle était soulagée que son nom n'ait pas été donné aux journalistes.

Lovée sur le canapé du salon dans sa couverture préférée, elle but une gorgée de soupe. Martine en avait préparé une énorme gamelle. Il nous faudra au moins une semaine pour la terminer, pensa-t-elle en soufflant sur le bol.

Martine s'était présentée vers huit heures en tailleur haute couture, tenant un panier rempli de légumes sur son bras.

— Je ne vous réveille pas, j'espère.

Elle avait poussé la porte et jeté son gros manteau sur la patère. Elle s'était ensuite dirigée d'un pas rapide vers la cuisine, et avait passé son tablier fleuri. Laura et Wendy l'avaient suivie d'un pas nonchalant.

— Allez, les filles, vous avez besoin de prendre des forces, je vais vous préparer ma soupe, elle va vous ravigoter. Vous avez pris le petit-déjeuner ? Car un bon petit-déjeuner c'est important. Après vous irez prendre un bain, un bon bain chaud. Ah non, pas toi, Wendy. Ce n'est pas une bonne idée, avec ton plâtre. Mon dieu, où avez-vous rangé votre économe ? (Elle avait ouvert plusieurs tiroirs dans une recherche frénétique) Ah, le voilà ! Bon, il faut que je vous raconte ma journée d'hier…

Martine avait continué à bavarder en épluchant les légumes et en préparant du thé. Elles étaient restées toute la matinée, dans la cuisine remplie des bonnes odeurs qui émanaient des casseroles. Elles avaient parlé et ri en mangeant des biscuits trempés dans le thé. Laura ferma les yeux et se laissa envahir par la douce chaleur de la soupe de Martine.

— Laisse-moi une place, dit Wendy en tirant sur la couverture avec son bras valide.

Étant gauchère, elle avait eu le loisir de décorer son plâtre de formes acidulées qui se mariaient parfaitement avec l'écharpe rose bonbon qu'elle avait choisie pour soutenir son bras.

— Encore deux semaines et je retrouverai mes deux bras. Tu aimes ?

Elle balança son plâtre sous le nez de sa sœur.

— Oui, beaucoup, mentit Laura.

Le feu crépita dans la cheminée. Elle se leva et jeta une grosse bûche dans l'âtre.

— Comment vas-tu, ma Lolie ? Je me fais du souci pour toi.

— Je vais bien, dit Laura d'un ton las.

Elle était assise en face de la cheminée, dos au canapé. Elle exposait la paume de ses mains à la chaleur du feu.

— Je ne suis plus une petite fille, tu n'as pas à me protéger constamment. (Wendy s'était agenouillée maladroitement à côté d'elle) Ah zut, fit-elle en se rattrapant de justesse pour ne pas basculer en arrière.

Laura sourit.

— Je préfère te voir ainsi. Tu n'as pas desserré les dents, même ce matin, alors qu'on a passé un bon moment. Je t'ai sentie tendue. Je sais que je ne peux pas comprendre l'épreuve que tu as subie, mais je te connais et tu es une battante. Tu ne peux pas continuer à te terrer et à traîner de ton lit au canapé toute la journée.

— Tu as raison, mais je ne sais pas quoi faire, je sais qu'il est mort. (Sa gorge se serra) Je fais des cauchemars, je vois Céline, Betty, Duval.

Elle enfouit son visage dans ses genoux. Wendy passa son bras valide autour de ses épaules. Laura posa sa tête contre sa jeune sœur. Pour la première fois, elle se laissa consoler par Wendy. Elles continuèrent de discuter tard dans la nuit.

— Et cette voiture, elle prouve quoi ? demanda Wendy en bâillant.

— Si elle existe vraiment, elle prouve que quelqu'un suivait Céline, comme l'a répété Laurent. Et du coup, on peut se demander si cette personne a quelque chose à voir avec le meurtre.

— Tu penses que Duval peut être innocent ?

Wendy avait ouvert des yeux ronds.

— Je n'en sais rien, je sais juste que je me sentirais mieux si je pouvais en avoir le cœur net.

— Une chose est sûre, c'est qu'il t'a enlevée et séquestrée. Ce n'était pas un gentil. (Wendy se gratta la tête) Tu ne m'as pas dit que ton lieutenant Pons…

— Ce n'est pas mon lieutenant, la coupa Laura en retroussant le nez.

— Oui, c'est ça. Bref, il écrit tout sur un pad.

— Exact, Sherlock.

— Bien, laisse-moi cinq minutes avec son pad et j'aurai toutes les infos que tu veux. (Wendy se leva) Je suis crevée, désolée, mais je vais me coucher.

Elle se dirigea vers l'escalier.

— Merci, susurra Laura.

— De quoi, ma Lolie chérie ?

— D'être toi.

— Tu sais, c'est un boulot à plein-temps. (Elle bâilla) Bonne nuit, dit-elle en traînant ses chaussons roses à pompons jusqu'à sa chambre.

Le lendemain matin, Laura se leva vers onze heures. Elle avait enfin dormi d'un sommeil sans rêves. Elle s'installa dans la cuisine. Emmitouflée dans un gros pull, elle se préparait des tartines de pain grillé. Wendy rentra comme une fusée.

— Tu dois venir avec moi, ce soir, supplia-t-elle, c'est le jour de l'An, tu ne peux pas rester toute seule, le soir du jour de l'An.

Laura soupira sans dire un mot.

— Allez, s'il te plaît, on va bien s'amuser, c'est chez Nicolas Barduc, ça va être super. Regarde l'invit ! (Wendy sortit un carton bleu de sa poche) Il est prévu un feu d'artifice à minuit. Je sais que tu adores les feux d'artifice. Ne dis pas le contraire, la gronda-t-elle.

C'est vrai qu'elle adorait les feux d'artifice, surtout depuis que ses parents l'avaient emmenée voir celui du lac d'Annecy. Elle devait avoir cinq ans. Son père lui avait acheté un coca et elle s'était assise entre ses deux parents, les yeux émerveillés par ces millions de lumières qui éclairaient le ciel. Un souvenir heureux, bien avant le drame, bien avant que son cœur ne se brise.

— Je n'ai rien à me mettre. Et en plus, je n'ai pas du tout envie de voir du monde.

Elle trempa sa tartine dans son café fumant. Un morceau ramolli tomba dans le bol en éclaboussant la table. Elle pesta.

— Tu dois venir, je ne peux pas conduire avec mon plâtre. (La voix de Wendy monta dans les aigus) S'il te plaîtttt !

Elle trépignait. Laura eut la vision de la petite fille aux couettes rousses qui lui demandait de jouer avec elle, alors que Laura, à l'aube de son adolescence, préférait papoter avec ses copines au téléphone ou écouter de la musique, enfermée dans sa chambre. Devant les yeux implorants de sa sœur, elle sentit sa détermination la quitter, comme à l'époque. Elle se remémora ces après-midi où elle dégustait du thé imaginaire au milieu des poupées et des peluches, tandis que ses copines faisaient du shopping.

— Bon d'accord, céda-t-elle. (Wendy fit une pirouette) Attends, je te préviens ! Dès que je veux partir, on y va sans suppliques, sinon tu rentreras en taxi.

— Oui, oui, d'accord, dit Wendy en prenant un air sérieux. Je suis trop contente, on va bien s'amuser.

Wendy attrapa un bol et se servit du café. Tandis que sa cadette continuait à palabrer sur le style de tenue à choisir pour la fête, Laura se plongea dans ses pensées. Ces derniers jours avaient été rudes pour ses nerfs. Elle aurait voulu être présente aux funérailles de son amie. Mais le corps avait été rapatrié aux États-Unis et la mère de Betty avait précisé que la mise en bière se ferait dans la stricte intimité. Laura avait bien sûr respecté ce choix. Elle avait fait livrer des roses, les fleurs préférées de Betty, en tout cas à l'époque. Que savait-elle de la Betty adulte ? Pas grand-chose. Qu'elle n'était pas mariée et n'avait pas d'enfants. Qu'elle avait bien réussi professionnellement et qu'elle était devenue une avocate réputée. Pourtant, elle habitait toujours dans le petit deux-pièces aménagé au-dessus du garage de ses parents. Le visage de Laurent Duval s'imposa à elle. Elle secoua la tête et croqua une autre bouchée de pain grillé. Il lui faudrait faire la lumière sur toute cette affaire, elle le devait à ses deux amies. Dans l'après-midi, elle se décida à appeler la mère de Betty. Il devait exister une copie de cette photo ou au moins le négatif. Elle s'installa dans la véranda et ouvrit son vieux répertoire. La couverture était parsemée de petits cœurs, tantôt vides tantôt pleins. Elle espérait que madame Wood avait toujours le même numéro de téléphone. Elle allait raccrocher quand elle entendit un fort accent américain.

— Hi !

— Madame Wood ?

— Oui, qui est-ce ?

— Bonjour, c'est Laura Sasso, je ne veux pas vous déranger et je comprendrai si vous ne voulez pas me parler, mais j'ai besoin de votre aide.

— Oui, en effet, je ne veux pas te parler, répondit la voix tremblante au fort accent américain.

— Attendez, je vous en prie, ne raccrochez pas. Je voudrais savoir si vous connaissez une photo du temps du Chalet Bleu. On est toutes les trois assises dans l'herbe. J'ai besoin de revoir cette photo, s'il vous plaît, insista Laura.

— Je suis désolée, je ne peux rien pour toi, dit madame Wood avant de raccrocher.

Laura resta quelques instants à écouter le bip résonner dans le téléphone.

— Quelle merde, ragea-t-elle.

Elle ne voyait pas d'autres solutions pour récupérer cette photo. L'horloge de l'entrée sonna dix-huit heures, il était temps de se préparer pour la fête.

*
* *

Arrivée à l'entrée de la grande maison, Laura se dit immédiatement que la soirée allait être longue et ennuyeuse. On entendait de dehors le brouhaha des discussions et de la musique trop forte. Elle remonta le col de son manteau, le vent la glaçait jusqu'aux os. Elle avait choisi sa petite robe noire, qu'elle avait agrémentée d'une étole brodée rouge et d'un bracelet en rubis hérité de sa grand-mère.

Wendy la tira par le bras. Ses cheveux roux savamment relevés en un chignon flou mettaient en valeur son regard espiègle. Elle avait fini par choisir, après une dizaine d'essayages, une robe longue en soie verte. Pour une fois, Laura trouva que sa sœur avait fait preuve de retenue dans son choix vestimentaire. Elle avait voulu lui en faire la remarque, mais c'était avant de s'apercevoir que le décolleté dans son dos laissait à découvert la naissance de ses fesses. Laura avait souri.

— Surtout, ne change jamais, lui avait-elle chuchoté, en la serrant dans ses bras.

La porte s'ouvrit sur un jeune dandy d'environ trente ans. Il avait les cheveux mi-longs et portait un nœud papillon qui n'était pas noué.

— Bonjour, Mesdemoiselles, je suis votre hôte, Nicolas Barduc.

Il replaça d'un geste expéditif la mèche qui lui barrait les yeux, et les invita à entrer.

— Je m'appelle Wendy et voici ma sœur Laura.

Elle tendit le carton d'invitation.

— Les sœurs Sasso, il semble que la rumeur soit vraie. Vous êtes, toutes deux, de véritables beautés.

Quel baratin, se retint de dire Laura, tandis que Wendy gloussait. Elles avaient réussi à cacher les bleus grâce à un savant maquillage. Malgré tout, il lui semblait avoir une tête à faire peur.

— Je vous laisse donner vos affaires à notre majordome. (Il désigna un homme d'une cinquantaine d'années qui se tenait en retrait sur la droite de l'entrée) Je vous laisse profiter du bar et du buffet. À plus tard, dit le jeune dandy en s'éloignant.

Le majordome disparut dans ce qui devait être un bureau, lesté de leur manteau et de leur sac. Wendy fit un signe de tête voulant dire « on y va » et se faufila dans la foule.

La pièce était immense, on avait disposé des chaises drapées de blanc autour de tables rondes ornées de bougies et de bouquets de lys. Un traîneau de glace trônait sur la table du buffet. Une autre pièce plus petite semblait tenir lieu de dance-floor. Il y régnait une chaleur étouffante.

Wendy disparut dans la cohue qui gesticulait au son du DJ. Laura ne resta que quelques minutes et se dirigea vers le buffet. Une serveuse habillée en queue-de-pie lui proposa une coupe de champagne. Sur une longue table, drapée elle aussi de blanc, différents mets plus attirants les uns que les autres étaient disposés dans de grands plats argentés.

— Vous êtes Laura Sasso. Enchantée, je suis madame Barduc, la mère de Nicolas.

— Bonjour, Madame.

Laura avait rempli une assiette de différents amuse-gueule.

— J'espère que vous et votre sœur vous remettez de vos émotions.

— Oui, très bien, merci.

— C'est incroyable, ce qui vous est arrivé, cet homme était un malade mental.

— Oui, il semblerait. Pardon, mais je n'ai pas vraiment envie de parler de ça.

— J'ai de la peine pour votre amie, continua la femme sans prêter plus d'attention à la remarque. Elle n'a pas eu votre chance. C'est épouvantable. Quelle fin atroce. (Elle but une gorgée de champagne, laissant une trace de rouge à lèvres purpurin sur la coupe) Apparemment, elle aurait trouvé des informations désignant un autre meurtrier pour le meurtre de Céline Piochet, une autre de vos amies, je crois. La police n'a rien retrouvé allant dans ce sens. Intéressant, non ?

— Je n'étais pas au courant, répondit Laura, serrant les dents.

— Non, très bien. (Elle lui jeta un regard désapprobateur par-dessus ses lunettes) Mademoiselle Sasso, croire à la possible existence d'un autre auteur que Laurent Duval est une idiotie.

Madame Barduc enfourna un toast au saumon et le mâcha consciencieusement.

Elle avait un visage carré et un long nez surmonté d'une paire de lunettes dorées. Mais ce qui frappait en premier, c'étaient ses épaules imposantes et sa silhouette robuste.

— Hélas pour vous, vous semblez être souvent au cœur d'événements, disons fâcheux, continua-t-elle en reprenant un toast.

— Il semblerait, en effet, répliqua Laura qui sentait le rouge lui monter aux joues.

L'arrogance de cette femme commençait sérieusement à l'énerver. Elle se rappela qu'il fallait respirer et surtout ne pas se laisser envahir par la colère. Mais elle était à deux doigts de lui sauter à la gorge.

— Bien, excusez-moi, mais je dois m'occuper de mes autres invités. Passez une bonne soirée, dit madame Barduc en tournant les talons.

La stature massive de son hôtesse disparut dans la foule.

*
* *

Dans la voiture, Laura raconta à Wendy sa discussion avec la mère de Nicolas.

— Lolie, cette femme est juge. Mon Dieu, elle croit que tu as quelque chose à voir avec ces meurtres. Putain, ces chaussures me font un mal de chien.

Elle retira l'épingle à chignon de son épaisse chevelure et ses talons aiguilles.

— Elle peut croire ce qu'elle veut, je n'y suis pour rien. Mais si Laurent n'est pas le coupable… Il nous faut retrouver cette photo, en avoir le cœur net. Il nous faut les infos du lieutenant Pons. Avec un peu de chance, il aura l'autre morceau de la photo.

Sur le chemin du retour, elles élaborèrent un plan.

Chapitre 9

Max était rentré chez lui. Malgré les réprimandes de sa mère, il avait décliné le repas en famille et s'était préparé un plateau télé. Il comptait se coucher tôt pour profiter de son jour de repos du lendemain. Le bulletin météo annonçait un grand soleil et il comptait partir faire une balade en raquettes. Il ne se sentait vraiment bien que dans des endroits où il était sûr de ne rencontrer personne, et les sentiers de montagne, surtout recouverts de neige, lui promettaient de passer toute une journée sans voir âme qui vive. Il pouvait à loisir profiter du silence et de la beauté des paysages. Il s'installa dans son fauteuil club et zappa sur la chaîne cinéma. Pour le réveillon de la Saint-Sylvestre, la chaîne proposait la rediffusion de la trilogie *Star Wars*. Pourquoi pas ? pensa-t-il en posant le plateau sur la table basse. Du moment qu'il n'était pas obligé de se farcir l'éternel bêtisier. Malgré le manque de réalisme qu'il reprochait à la science-fiction, il se laissa séduire et éteignit vers vingt-trois heures. Il n'avait personne à qui souhaiter la nouvelle année. En tout cas, personne à qui il aurait aimé le dire. Peut-être à Clotilde, mais ce n'était plus d'actualité.

Il avait passé une magnifique journée.

Il s'était levé vers huit heures et avait pris un bon petit-déjeuner. Il avait préparé son pique-nique pour la pause de midi : un sandwich au pâté, un autre au fromage et un thermos de café bien chaud. Il avait rempli sa gourde d'eau et chaussé ses raquettes. Il louait le premier étage d'un chalet perdu dans les hauteurs de Valmenier. Les propriétaires, de riches Suédois qui occupaient le deuxième étage, n'étaient présents qu'en février. Il avait la chance de pouvoir partir directement à pied sans avoir à faire des kilomètres en voiture pour se retrouver en pleine nature. Il s'était habillé chaudement et était parti sur le sentier. Il aimait le crissement de la neige sous ses pas. Après quelques kilomètres, il s'était arrêté un instant dans une trouée. Il s'était assis sur une pierre et servi une tasse de café. Autour de lui, de nombreux épineux croulaient sous la neige et en face, sur la paroi brune, le froid avait suspendu le débit d'une cascade. Il avait levé la tête vers le bleu intense de ce ciel sans nuages, laissant le soleil qui faisait scintiller la neige vierge lui réchauffer le visage. Les yeux clos, il s'était laissé envelopper par le silence, respirant l'air froid à pleins poumons. Quel délice ! Je ne vois pas meilleur endroit pour passer le premier jour de l'année, avait-il pensé en souriant. Il s'était souvenu des reproches de sa mère et avait fait la grimace.

Il rentra vers dix-sept heures. Il faisait nuit noire. Le visage rougi par le froid, il secoua ses pieds pour faire tomber la neige avant de pénétrer dans sa tanière bien chaude. Quand il ouvrit la porte, il entendit des vociférations et le son de la télé. Il trouva Lucien hurlant devant un match de rugby, une bière à la main.

— Tu ne l'as pas déjà vu, celui-là ? dit-il en posant son manteau sur le dos d'une chaise à côté du poêle.

— Ouais, c'est une redif. Enfin de retour, jeunot, bonne année, dit le vieux cow-boy en soulevant sa bouteille.

— Ta nouvelle conquête t'a foutu dehors ?

— Non, Sophie va bien, elle est toujours aussi folle de moi, ça peut se comprendre, dit-il en faisant un clin d'œil. Je suis venu, car j'ai essayé de te joindre toute la journée et je déteste parler à ces foutus répondeurs.

— Oui, je sais, répondit Max de la chambre. Je prends une douche et je suis à toi. En attendant, continue à faire comme chez toi. (Max renifla) À part que tu fumes dehors ! cria-t-il.

Lucien ronchonna et sortit sur le balcon. À son retour, les moustaches gelées, il trouva Max assis sur le canapé, sirotant une bière.

— Bon, jeunot, je t'explique. Tu sais que le témoin qui a appelé les secours pour l'accident des sœurs Sasso nous a dit avoir été dépassé par un 4x4 rouge. On a retrouvé le véhicule. Il a été ramassé le soir même par la fourrière, il avait été déclaré volé la veille. J'ai eu confirmation de Youcef, qui a identifié les traces de peinture comme provenant de la voiture des sœurs Sasso. Par contre, tu vas trouver la suite bien plus intéressante. Tiens, passe-moi une bière. (Lucien étendit ses jambes sur la table basse) On a relevé des empreintes. À part celles des propriétaires, on en a trouvé une autre. Elle n'appartient pas à Duval, d'ailleurs on n'a trouvé aucune trace de lui dans la voiture.

— Alors qui ?

Max fronça les sourcils.

— Étienne Michot, jeunot, dit Lucien d'un air triomphant. On va aller lui rendre une petite visite matinale.

— Ouais, on va faire ça. En fin de compte, la piste du fan agressif se confirme.

— Si ça ressemble à un chat et que ça bouge comme un chat et que ça miaule…

— Oui, c'est que c'est un chat, je sais.

Pourtant Max restait sceptique. Cette piste ne le convainquait toujours pas.

*
* *

La maison qu'Étienne Michot partageait avec sa mère était une petite bâtisse blanche ressemblant aux autres maisons du lotissement. Elle était jumelée par le garage à celle de son voisin de gauche et faisait face à son double, de l'autre côté de la rue. L'allée menant jusqu'à la porte d'entrée avait été dégagée. La pelle était plantée dans un gros tas de neige sous la fenêtre qui donnait sur la cuisine. Deux policiers en tenue avaient fait le tour pour se poster à l'arrière de la maison qui donnait sur une petite terrasse. Il était six heures du matin, tout était éteint. Max tapa trois coups secs à la porte d'entrée.

— Police, veuillez ouvrir ! ordonna-t-il.

Il attendit quelques secondes et réitéra. Une lumière au fond du couloir s'alluma et il entendit des claquements rapides.

— Qui est-ce ? chevrota une petite voix paniquée.

— Madame Michot, c'est le commandant Nicopet, je suis désolé de vous réveiller, mais nous devons parler à Étienne, c'est important.

Ils entendirent la clef et une petite femme au visage ridé ouvrit la porte. Elle avait les cheveux aussi blancs et floconneux que la neige dehors.

— Que voulez-vous ? Mon Étienne n'est pas là. Il n'est pas rentré hier soir. Il lui est arrivé quelque chose, c'est ça ? Oh, mon Dieu !

Elle vacilla.

— Madame Michot, venez vous asseoir. (Accompagnant le geste de la parole, Lucien la soutint jusqu'au fauteuil) Madame Michot, ne vous inquiétez pas, d'accord ? Nous devons parler à Étienne, c'est important, savez-vous où il est et quand il doit rentrer ?

Il parlait d'une voix chaude et rassurante. Un ton que Max ne l'avait pas vu employer souvent, à part avec les jeunes enfants et les personnes âgées.

— Mon Étienne a été très contrarié quand il est revenu la dernière fois. Il m'a dit que je n'aurais pas dû vous laisser entrer. Je lui ai dit que vous étiez policiers et que cela ne se faisait pas de laisser des personnes de la maréchaussée à la porte. Mais mon Étienne, il n'a pas hérité des bonnes manières de son défunt papa. C'est un bon garçon, vous savez, un bon garçon.

Elle s'était recroquevillée dans le fauteuil, son petit corps frêle perdu dans son immense chemise de nuit.

— Oui, je sais, Madame Michot, et vous avez bien fait de nous laisser entrer. Nous devons retrouver Étienne, c'est important.

Elle leva des yeux larmoyants vers lui.

— Je ne sais pas, parfois, il me laisse des semaines entières et puis il revient. J'ai le cœur fragile, vous savez. Il revient toujours auprès de sa bonne maman, mon Étienne.

— On va jeter un coup d'œil dans sa chambre, dit Lucien à l'intention de son coéquipier. Ne vous inquiétez pas, d'accord ? (Lucien se retourna et fit un signe de la main à Max pour qu'il l'accompagne à la cuisine) Cette pauv'vieille est complètement à l'ouest. Bon, on planque, au cas où il revienne et on piste sa carte de crédit et son portable. J'appelle Youcef.

Lorsqu'ils ressortirent de la petite maison blanche, le soleil pointait le bout de ses rayons. Ils avaient ratissé le moindre recoin, à la recherche d'indices pouvant dire où se trouvait Étienne Michot. Il ne reviendrait pas, l'armoire était à moitié vide et il manquait des affaires de toilette. La petite vieille resta assise sur une chaise dans la cuisine pendant que des inconnus en uniforme ouvraient ses tiroirs et feuilletaient ses livres. Lucien lui avait préparé une tasse de café et des biscottes. Elle lui faisait de la peine, cette petite mère qui aimait son enfant de manière si inconditionnelle qu'elle ne le voyait pas tel qu'il était réellement. Mais faut dire qu'elle l'avait attendu longtemps, son Étienne. Elle avait quarante ans et avait fini par se faire une raison, elle ne serait jamais mère. Et puis, le médecin lui avait dit « vous êtes enceinte » ! Il était né et avait grandi pour la joie de sa mère qui l'aimait et le choyait plus que tout. Quand Étienne avait eu trois ans, son mari Raymond avait disparu, à la suite d'un cancer fulgurant du foie. Après avoir partagé pendant plus de vingt ans la vie de cet homme qu'elle chérissait, elle se retrouvait seule avec son petit garçon. Elle l'avait élevé avec tout son amour et sa tendresse, elle voulait le garder toujours pour elle, son Étienne. Et il était resté auprès d'elle toutes ces années. Quel amour d'enfant ! Parfois, oui, il partait pour quelques jours, mais il revenait rapidement et puis il l'appelait tous les jours pour prendre de ses nouvelles, car il savait qu'elle avait le cœur fragile quand il était loin d'elle. Mais ça, elle ne le dirait pas au commandant Nicopet, elle ne referait pas la même erreur.

— Mon Étienne est parti parce que je leur ai ouvert ma porte la première fois, marmonna-t-elle en grignotant une biscotte du bout des lèvres, mais il va me téléphoner et je lui dirai que je ne leur ai rien dit pour l'argent dans son tiroir et il rentrera auprès de moi, mon Étienne.

Chapitre 10

Laura et Wendy s'étaient mises d'accord. Laura devait appeler le lieutenant Pons sous le prétexte de le remercier et le faire venir à leur domicile. Ensuite, elle devait l'occuper suffisamment pour que Wendy ait le temps de télécharger les infos. Elle n'avait même pas besoin d'avoir le pad du policier entre les mains, il fallait juste qu'il soit en fonction et proche de son mouchard. Elle avait concocté un petit appareil capable de télécharger en quelques secondes les infos de n'importe quel ordinateur ou téléphone portable. Il restait encore quelques améliorations, et pour l'instant il devait être relié à son ordinateur. Laura laissa sonner avant de raccrocher, mécontente.

— Jamais là quand il faut, ces foutus flics, pesta-t-elle.

Elle jeta le téléphone sur la table de la cuisine. Ce soir, elles recevaient Charles et Martine à dîner. Pour l'occasion, Laura avait décidé de cuisiner le repas de A à Z et elle avait du pain sur la planche. Elle rappellerait le lendemain à la première heure.

Martine et Charles arrivèrent vers dix-neuf heures. Comme à son habitude, Martine envahit l'espace et le silence fit place à une avalanche de mots ponctuée par des éclats de rire tonitruants. Charles resta étrangement silencieux tout le long du repas. Laura avait préparé du lapin en sauce avec un gratin dauphinois qu'ils dégustèrent en écoutant les derniers potins venant d'une source sûre : le salon de coiffure de Martine. Charles semblait être ailleurs. Il la félicita pour son moelleux au chocolat et se retira dans la véranda. Laura laissa les filles en grande discussion sur les dernières tendances en matière de mode. Charles était debout face au jardin, il tira une bouffée sur son cigare.

— Tout va bien ? lui demanda-t-elle

— Wendy m'a parlé de Duval. Je me fais du souci pour toi.

— Tu ne devrais pas, tout va très bien.

— Chérie, je vous ai toujours considérées comme mes propres filles. Tu viens de vivre deux situations des plus traumatisantes et dans un temps restreint. Ces idées saugrenues et ces cauchemars… J'aimerais que tu ailles le voir.

Charles sortit une carte de visite de sa poche et la lui tendit.

— Un psy. Non, je n'ai pas besoin d'un psy, je vais bien.

— Tu t'accroches à une chimère si tu crois à l'innocence de Duval. Tu t'engouffres dans cette quête pour oublier…

Il se tut.

— Pour oublier quoi ? Pour oublier que l'homme que j'appelais mon père a assassiné ma mère ?

Laura avait les larmes aux yeux. Chaque événement tragique était comme un coup de rasoir qui déchirait sa peau en laissant une nouvelle cicatrice. Elle pouvait les camoufler, mais pas les oublier.

— Tu ne peux pas sauver tout le monde, encore moins leur âme. Regarde où cela a conduit Betty.

— Ce n'est pas mon intention, je veux juste connaître la vérité.

— Creuser le passé ne ramène pas les morts, va le voir, s'il te plaît.

Il l'embrassa sur le front et sortit en direction de la salle à manger. Laura resta seule un instant. Elle écrasa le cigare qui continuait de fumer dans le cendrier.

— La vérité cicatrise les coups de rasoir. Elle ne ramène pas les morts, mais elle ressuscite les vivants, murmura-t-elle en jetant la carte froissée dans le cendrier.

*
* *

Elle téléphona le lendemain au commissariat, une voix féminine lui répondit que le lieutenant Pons était absent pour la matinée et qu'il la contacterait dès son retour. Pour tromper l'ennui, elle décida de faire des recherches sur Internet. Elle avait installé son ordinateur portable dans la véranda. Levant ses yeux noisette de l'écran, elle contempla le jardin, avec ses grands arbres croulants sous leur manteau blanc.

La neige s'était remise à tomber en gros flocons cotonneux,

virevoltants doucement au gré d'une légère brise. Elle se remémora les jours heureux où elle et Wendy couraient se cacher derrière ces grands arbres, pendant que leur père faisait semblant de ne pas les trouver. Elle se rappela les bonshommes de neige qu'ils faisaient pendant les vacances de Noël qu'ils passaient toujours en famille chez leur grand-mère. Le bonhomme était habillé d'un chapeau de paille appartenant à Mamie et d'une vieille écharpe. Un jour où elle était en train de choisir minutieusement les branches qui feraient office de bras – c'était toujours elle qui les choisissait et elle prenait son rôle très au sérieux –, son père était ressorti de la véranda, suivi de Wendy qui pouffait. Il avait mis un doigt devant sa bouche pour les inciter au silence. Wendy sautillait. Il avait sorti de la poche de son manteau une magnifique carotte chipée dans la cuisine. Le plus beau nez qu'ils auraient pu trouver. Bien sûr, Mamie la leur aurait sûrement donnée s'ils l'avaient demandée, mais l'avoir dérobée rendait l'aventure tellement plus palpitante. Elles avaient installé leur trésor au milieu de la figure du gros bonhomme. Quand maman avait demandé sur un faux air fâché d'où pouvait bien venir cette carotte, Wendy, du haut de ses trois ans, avait déclaré, toute fière : « C'est papa et moi qu'on la prise, mais faut pas le dire ». Et elle avait posé son doigt sur ses lèvres. Ils s'étaient tous mis à rire. Laura se rembrunit. Ça avait été le dernier Noël qu'ils avaient passé en famille.

Elle trouva de nombreux articles sur le meurtre de Betty, mais ils ne lui apportèrent rien qu'elle ne savait déjà. Elle en trouva un plus intéressant, qui relatait l'enfance et le parcours de Laurent Duval. Mais rien qui puisse l'aiguiller vers une autre piste, si autre piste il y avait. Elle repoussa l'ordinateur sur la table et s'étira. Après une heure, elle n'avait pas avancé d'un pouce. Elle avait essayé plusieurs recherches au hasard pour retrouver la voiture blanche, mais sans numéro d'immatriculation, elle ne voyait pas trop comment s'y prendre.

Tu deviens folle, ma pauvre fille, se dit-elle en se frottant les yeux. Tu cherches une aiguille dans une botte de foin. Et pourquoi ? Parce qu'un homme violent accusé de deux meurtres et qui t'a enlevée, t'a laissé entendre qu'il était innocent. Charles a raison, il n'y a rien à trouver, la voilà, la vérité. Et c'est d'ailleurs pour ça que je ne trouve rien. Il les a tuées et, s'il ne s'était pas fait sauter la tête, il m'aurait tuée. (Elle frissonna) C'était un cinglé, voilà tout.

Son téléphone vibra, c'était le lieutenant Pons qui la rappelait. Elle décrocha. Elle avait beau se raisonner, le visage grimaçant de Duval lui indiquant la voiture sur la photo la torturait. Si elle avait eu tort et envoyé un innocent en prison, elle devait en avoir le cœur net, et pour cela il fallait retrouver cette foutue voiture.

Le lieutenant Pons se présenta à quatorze heures précises au domicile des sœurs Sasso. Laura n'avait pas eu besoin de la moindre raison pour le faire venir : dès qu'elle avait décroché, il avait demandé si elles pouvaient le recevoir, car il avait de nouvelles informations à leur communiquer. Dès que la sonnette retentit, Wendy galopa jusqu'à sa chambre en montant les marches quatre à quatre. Elle s'installa devant l'écran fleuri de son ordinateur et fit démarrer son mouchard.

— Allez, mon petit chou, tu n'as plus qu'à allumer ton pad.

Laura le fit entrer. Il tapa ses chaussures pour en retirer la neige. Elle lui prit son manteau et lui demanda de la suivre dans la véranda. Quelques flocons çà et là continuaient de danser au gré de la brise légère.

Elle lui proposa une tasse de café qu'il accepta avec plaisir.

— Mademoiselle Sasso, je pensais pouvoir m'entretenir également avec votre sœur. En effet, cette affaire vous concerne toutes les deux.

Il ajouta un sucre et remua, en prenant soin de ne pas faire tinter la cuillère contre la tasse.

— Wendy est souffrante, elle a de la fièvre et une forte toux. Mais s'il vous faut vraiment sa présence, je peux aller la réveiller.

Laura fit mine de se lever.

— Non, non, bien sûr.

Elle esquissa un sourire, elles avaient eu chaud.

— Nous avons retrouvé le véhicule qui vous a poussées dans le ravin, les traces ADN prouvent qu'Étienne Michot était au volant.

Nous n'avons pas pu l'interpeller, mais nous le recherchons activement.

Laura se raidit.

— Rien n'est fini, alors, articula-t-elle d'une voix morne. Nous allons devoir continuer à faire attention à tout.

— Je ne pense pas qu'il s'en reprenne à vous ou à votre sœur, il est en cavale, mais nous allons le retrouver rapidement. Cela dit, il est vrai que je vous demanderai la plus grande prudence. (Il sortit son pad) Pourquoi m'avez-vous contacté ?

— Quoi ?

— Vous avez essayé de me contacter, pour quelle raison ?

L'annonce de la culpabilité d'une autre personne que Duval l'avait déstabilisée. En fait, elle n'y avait pas vraiment réfléchi, mais s'il était innocent des meurtres, il n'avait aucune raison de les pousser dans le ravin.

— Ah oui, pardon. Je vous ai contacté, pour, eh bien… (Elle avait totalement oublié son mensonge pourtant si bien répété) Eh bien, parce que je pense que Duval est innocent, lâcha-t-elle.

Elle expliqua calmement ce que Laurent Duval lui avait dit avant de se suicider. Le lieutenant Pons nota chaque mot avec soin.

— Vous devez me prendre pour une folle, moi-même, je trouve mes propos complètement fous. Vous devez penser que je souffre de ce syndrome où la victime a de la sympathie pour son ravisseur, comment il s'appelle déjà ?

Elle jouait avec la bague de sa main droite. Il avait remarqué que ce geste exprimait son anxiété.

— Vous voulez parler du syndrome de Stockholm ?

— Oui, c'est ça, je suis vraiment désolée de vous avoir fait perdre votre temps. Je vous raccompagne.

Il resta un instant à la regarder, perplexe, comme s'il examinait toutes les possibilités. Elle ne fit pas un geste.

— Mademoiselle, il est certain que Laurent Duval a tué Betty Wood, l'arme dont il s'est servi pour se suicider correspond à celle qui a tué votre amie. Cela dit, il semblerait qu'elle aussi pensait qu'il était innocent. Elle était son avocate et avait fait une demande de révision.

— Vous voulez dire qu'elle détenait des preuves de son innocence ?

— Écoutez, j'ai longuement discuté avec madame Wood. (Il chercha les mots les plus adéquats) La mort violente de Céline a beaucoup perturbé Betty, elle était très fragile psychologiquement, sa mère pense que Duval en a profité, il a vu une occasion de se venger. Je sais que les événements de ces derniers jours ont été pour vous très éprouvants. La police est là pour se charger de tout ça. Je vous tiens au courant dès l'arrestation d'Étienne Michot. Au revoir, Mademoiselle Sasso. Bon rétablissement à votre sœur.

Laura attendit qu'il quitte le porche et courut dans l'escalier. Assise, les mains derrière la tête, Wendy souriait de toutes ses dents d'un air satisfait.

— Affaire conclue, ma Lolie, dit-elle.

Chapitre 11

La belle saison pointait le bout de son nez. Quelques tas de neige boueuse résistaient çà et là à l'assaut des températures printanières. Les informations trouvées dans le pad du lieutenant avaient amené Laura à la même conclusion que les autorités : Laurent était coupable. Après quelques semaines de repos à ressasser les possibilités, elle avait fini par en être totalement convaincue et les cauchemars s'étaient estompés. Il restait tout de même l'ombre d'Étienne Michot, cet homme qui les avait suivies pendant des mois, qui avait pris des photos d'elles à leur insu et qui avait poussé leur voiture dans le ravin. Depuis son départ précipité, il n'avait pas réapparu, il n'avait pas utilisé son portable, ni sa carte de crédit. Les policiers pensaient qu'il avait passé la frontière et ils avaient envoyé un avis de recherche international qui n'avait rien donné jusqu'à présent.

La vie quotidienne avait retrouvé son cours normal. Laura était occupée par un nouveau projet d'ouverture d'une maison des jeunes, orchestré par une des associations dont elle faisait partie. Wendy, quant à elle, était allée skier avec quelques amis dans la station de Zür, en Autriche. Avec son plâtre et la rééducation de son bras, elle n'avait pas vraiment pu jouir des pistes au mois de février et comptait bien en profiter quinze jours avant la fin de la saison.

Laura avait eu une longue journée, entre des réunions qui n'en finissaient pas et la visite du nouveau chantier. Elle passa la porte et jeta son sac et ses clefs sur le meuble dans l'entrée, avant de désactiver l'alarme.

— Oh zut, j'ai oublié de l'allumer, dit-elle en se frottant les orteils, qui retrouvaient leur liberté après avoir été compressés dans des chaussures à bout pointu, toute la journée.

Avec un peu d'appréhension, elle fit le tour du rez-de-chaussée. Elle alluma chaque pièce une par une, passa la tête dans la véranda. Tout était comme d'habitude. Elle monta à l'étage, vérifia les chambres par acquit de conscience et, complètement rassurée, décida de prendre une douche. Elle n'entendit pas les clefs ouvrir la porte d'entrée.

— Laura, tu es là ? appela Charles du vestibule.

— Oh, tu m'as fait peur ! dit-elle en sursautant dans l'escalier.

— Comment vas-tu, ma chérie ?

Il déposa un baiser sur sa joue.

— Je suis crevée, mais ça en vaut la peine. Tu verrais les plans du bâtiment, c'est génial ! Une bibliothèque, une salle de danse et une pour faire du sport, et puis un lieu de rencontre. (Elle se sécha vigoureusement les cheveux et jeta la serviette dans l'escalier) Tu veux un café ?

— Non, je ne t'ennuie pas longtemps, je suis passé voir si tu voulais venir dîner demain soir.

— Oui, avec plaisir. Mais tu aurais pu téléphoner, le taquina-t-elle.

— J'étais dans le coin, hésita-t-il, et puis tu connais Martine. Elle voulait savoir si tout allait bien. Bon, je ne m'attarde pas. Tiens, j'ai reçu ça au cabinet, à ton attention. À demain.

Il lui tendit un colis et repassa la porte. Laura se réchauffa une part de hachis parmentier, qu'elle agrémenta d'un verre de vin blanc et d'un yaourt nature. Elle alluma la télé sur la chaîne des infos et attrapa le colis sur la table basse. Elle faillit lâcher son verre lorsqu'elle lut le nom de l'expéditeur. Elle déchira le papier kraft qui laissa la place à une couverture rugueuse de couleur verte. Elle ouvrit l'album, son cœur battait comme pour s'échapper de sa cage thoracique. Sur la première photo, un grand bâtiment un peu vieillot trônait au pied d'un mur de rochers. Sur la droite, on apercevait les cours de tennis et le chemin menant au lac. Elle reconnut tout de suite les Chalets Bleus.

Un post-it collé sur la même page disait : « Elle aurait voulu que tu l'aies, fais attention à toi. » Signé Beverley Wood.

Laura tourna une à une les pages d'une main tremblante. Elle reconnut plusieurs des adolescents qui souriaient ou faisaient des grimaces, sans se rappeler tous les prénoms. Elle entendit leurs rires à la fois loin et tout près, comme un souvenir caressant sa joue. Elle sourit en revoyant la photo de Romain, le garçon qu'elle retrouvait tous les soirs sur l'escalier de secours pour fumer et s'embrasser en cachette des monos. Elle se demanda ce qu'il avait pu devenir. Elle n'avait gardé aucun contact. Après l'enterrement de Céline, ils s'étaient promis de s'écrire, mais les jours puis les mois étaient passés, la promesse avait fondu comme neige au soleil. Sa main resta en suspens. Elles étaient là, Betty, Céline et elle, ces trois jeunes filles de quinze ans, pleines de vie, d'espoirs et de projets.

Elle se rappela le jour où elles avaient posé pour la photo. C'était l'après-midi du Quatorze Juillet et il faisait très chaud. Elles n'avaient aucune envie d'aider pour les préparatifs du bal et elles s'étaient fait la belle pour aller lézarder au bord du lac. Couchées dans l'herbe, lunettes dernier cri vissées sur le visage et cigarette à la bouche, elles discutaient.

Tout à coup, Betty s'était levée d'un bond et avait interpellé un jeune homme qui passait à leur hauteur. Avec un grand sourire charmeur découvrant une dentition d'une blancheur aveuglante, elle lui avait tendu son appareil photo jetable. Elle avait serré ses copines contre ses épaules et, avec son fort accent américain, elle avait articulé « ouistiti ». Le lendemain, Céline était retrouvée, baignant dans son sang.

Elle examina le haut de la photo. Là, sur la droite, entre les arbres garnis de fanions tricolores, se trouvait la voiture blanche. Elle retira la photo et plissa les yeux.

— On dirait une 106, mais l'immatriculation est illisible, dit-elle tout haut.

Toute la soirée, elle feuilleta l'album. Maintenant qu'elle connaissait son existence, elle aperçut la voiture sur trois autres clichés. Mais impossible de lire l'immatriculation. Il se faisait tard, elle posa l'album lourdement sur la table basse et se frotta les yeux. La photo qu'elle avait retirée plus tôt vola par terre. Sur le dos, notés d'une écriture fine, six chiffres et deux lettres.

*
* *

Wendy déchaussa en arrivant devant l'hôtel. Il faisait presque nuit. Elle tendit avec un sourire ses skis et ses bâtons au jeune saisonnier qui attendait les skieurs de dernière minute. Elle remonta ses lunettes Versace dans ses cheveux, découvrant leur empreinte blanche sur son visage hâlé. Son séjour touchait à sa fin, et elle se dit qu'elle en avait bien profité. Wendy avait toujours été très gaie, d'un optimisme sans faille. Elle n'y pouvait rien, c'était sa nature. Déjà toute petite, elle s'enchantait de petites choses. Même dans une journée triste, elle trouvait toujours un moment agréable, une petite chose qui rendait l'instant doux, réconfortant, l'odeur du gazon fraîchement tondu, le chant d'un oiseau, ou les réunions de famille devant la cheminée. Sa famille, c'était Lolie. Elle ne se rappelait que très vaguement ses parents, elle se demandait parfois si ses souvenirs étaient réels ou si elle les avait fabriqués grâce aux histoires de sa grand-mère. Mais ce n'était pas grave. Quand elle se remémorait des moments de sa petite enfance, c'était toujours des moments de joie, et elle ne voulait pas qu'il en soit autrement.

Elle retira son gant droit et extirpa son portable de la poche de son manteau. Elle écouta le message de Laura, qui lui demandait de la rappeler urgemment. Elle aimait plus que tout cette grande sœur qui l'avait aidée à grandir, en l'absence de leurs parents. Elle l'avait entourée de tendresse et protégée des dangers, des monstres sous son lit, de ce méchant garçon qui la poussait dans la cour de l'école en la traitant de tête d'ampoule et de cet Étienne Michot qui leur voulait du mal. Laura était là pour s'occuper des choses inintéressantes et ennuyeuses, et Wendy pouvait à loisir profiter de cette vie insouciante. Elle était trop petite pour se rappeler des circonstances exactes dans lesquelles on lui avait annoncé la mort de sa mère. Elle se souvenait juste de Laura, assise sur le bord de son lit dans son pyjama de princesse, et de son visage sans larmes. Les lèvres serrées, le regard fixe, elle regardait le mur comme pour le détruire par la simple volonté. Wendy s'était mise à sangloter dans les bras de sa grand-mère, Laura n'avait pas bougé, pas un seul muscle. C'était le seul souvenir qu'elle qualifiait de triste. Ce matin-là, alors qu'elle reniflait devant un chocolat chaud, elle avait croisé le regard de cette grande sœur forte et courageuse et elle avait su que tout irait bien.

La douce chaleur du hall l'enveloppa et elle se dirigea vers sa chambre au premier étage. Elle était éreintée. Un bon bain chaud aux huiles relaxantes lui ferait le plus grand bien. Mais elle devrait se presser, il lui restait une heure avant de rejoindre ses amis pour partir au restaurant et ensuite en boîte de nuit. Cindy, son amie de fac, avait choisi cette station pour son standing et pour sa vie nocturne. Wendy s'entourait d'épicuriens comme elle, ce qui lui valait les foudres de sa sœur.

— Grandis un peu, tu ne peux plus te comporter comme une petite fille gâtée, tu es une adulte, je ne serai pas toujours là pour m'occuper des choses importantes.

Le ton grave de Laura résonnait dans sa tête. Elle sourit.

— Bien sûr que tu seras toujours là, ma sœur chérie ! Tu es ma bonne fée, avait-elle susurré, en engageant la carte magnétique dans le lecteur de sa chambre.

En ouvrant la porte, elle sentit les effluves fleuris d'un bain à la camomille.

— Tu es enfin rentrée, Bella, dit Tonio de son bel accent italien.

Il se tenait dans l'embrasure de la salle de bains. Avec ses cheveux noirs, son teint méditerranéen, il était scandaleusement beau. À cet instant précis, rien n'était plus urgent que le moment présent. Wendy jeta son portable sur le fauteuil. Elle tira la serviette qu'il portait sur les hanches et l'entraîna jusqu'à la baignoire.

*
* *

Laura se doutait que, malgré sa demande urgente, sa cadette ne la rappellerait pas tout de suite. Elle enviait parfois son insouciance et sa légèreté. On aurait pu croire qu'elle était futile et parfois certains la qualifiaient de sotte. Mais Wendy était en fait un petit génie, doué pour l'informatique et les sciences. Laura avait besoin d'elle pour retrouver le nom du conducteur de la 106. Voyant qu'elle ne rappelait pas, elle lui avait aussi envoyé un mail. De retour de son souper interminable, chez Charles et Martine, elle ouvrit sa boîte mail. Un gros smiley en plein écran lui fit un clin d'œil. Elle cliqua dessus et son portable vibra.

— Salut, ma Lolie ! (Wendy criait au-dessus d'un tube des années quatre-vingt) Attends, je m'éloigne.

Laura décolla le téléphone de son oreille en attendant que le bruit assourdissant cesse. Une porte claqua. Wendy se retrouva dans un petit salon épuré aux meubles blancs, avec une fontaine au centre. On entendait des oiseaux et le bruissement de l'eau. Un couple s'embrassait goulûment sur une banquette. Wendy leur tourna le dos et s'enfonça dans un gros pouf.

— Ouh là là, ma Lolie, je passe des vacances formidables ! Il faut que je te raconte, j'ai rencontré un garçon, Tonio. Je crois que je vais aller passer quelque temps en Italie. Il va me faire découvrir Rome. Attends une seconde.

Laura entendit un frottement contre le micro du téléphone et la voix étouffée de Wendy commandant un mojito fraise.

— Oh, j'ai une idée formidable ! reprit-elle. Si tu venais, ce serait super, je vais demander à Cindy de nous organiser ça.

— Tu aurais pu me rappeler, rétorqua Laura d'un ton sec.

— Oui, excuse-moi (Wendy but une gorgée), mais j'ai été très occupée avec Tonio. (Elle gloussa) J'ai fait ta recherche et je t'ai tout envoyé, clique à nouveau sur le smiley.

La petite tête jaune disparut pour laisser place à un article de journal.

— J'y suis. Je dois voir quoi ?

— Ta voiture, elle a été détruite dans un accident, le conducteur a été gravement blessé.

Laura parcourut rapidement le paragraphe.

— Je ne comprends pas, l'accident a eu lieu le treize juillet, un jour avant le meurtre de Céline. Tu as le nom du propriétaire ?

— Oui, c'est un certain Éric Bernier, c'est lui qui conduisait le jour de l'accident. Dis, c'est glauque, ton histoire. Alors si tu n'as plus besoin de moi...

— Oui bien sûr, merci. Fais attention à toi.

— Ne t'inquiète pas, je rentre samedi, en attendant, essaie d'oublier tout ça et pense à nos futures vacances en Italie. Big kiss, ma sœur chérie.

Laura relut attentivement les infos que lui avait rassemblées Wendy. D'abord l'article, qui expliquait que le conducteur était ivre et qu'il s'était écrasé contre la paroi vers vingt-trois heures, sur la départementale 1006. La photo qui accompagnait l'article représentait un amas de tôle tordue, il ne restait rien de la voiture. La page suivante était un jugement. Éric Bernier avait été accusé du viol d'une jeune fille, Anna Cho, et le dossier avait été classé sans suite. Sur la page suivante, la photo d'une jeune fille blonde aux yeux bleus. Laura sortit un portrait de Céline et le plaça à côté du visage d'Anna. Elle passa de l'une à l'autre, d'abord la couleur des cheveux puis de leurs yeux, mais aussi la forme de leur visage et leur sourire. Les similitudes étaient troublantes, Laura était certaine à présent que cet Éric Bernier suivait son amie, d'ailleurs sa voiture apparaissait sur plusieurs des photos. Mais il ne pouvait en aucun cas être l'agresseur de Céline, puisqu'il avait été gravement blessé la veille. Cette piste ne menait à rien, tout désignait Laurent Duval comme l'auteur des deux meurtres.

Chapitre 12

Max enrageait. Il avait cherché Étienne Michot dans les lieux où il avait l'habitude de se montrer et planqué des jours et des nuits entières devant le domicile de sa mère, ainsi que devant celui des sœurs Sasso. Il avait interrogé toutes les personnes dans l'entreprise où l'homme bossait en tant que commercial. Il avait fini par envoyer des avis de recherche à tous les commissariats et les gendarmeries. Mais pas la moindre piste. Rien de rien. Depuis sa fuite, il n'avait utilisé ni ses moyens de paiement ni son portable, et il n'avait pas essayé de joindre sa mère. Rien de rien. On avait retrouvé sa voiture échouée à Chambéry sur un parking de supermarché qui, au bout d'une semaine, avait fini par appeler la fourrière. Il n'y avait aucun indice sur l'endroit où il se trouvait. L'enquête était au point mort.

— On le tenait et on l'a laissé se barrer.

Max repensa au message du juge Barduc.

— Jeunot, te mets pas la rate au court-bouillon. Des enfoirés, il y en a plein les rues, et on ne peut pas tous les coffrer.

— Ouais, tu as raison.

— Tu devrais rentrer chez toi. Prends ton week-end, s'il y a du nouveau, je te fais signe.

Max acquiesça.

Il avait dû prendre sur son peu de temps libre pour retrouver Étienne Michot. Il avait travaillé avec Lucien sur une grosse affaire de vol avec violence. Des hommes cagoulés et armés s'introduisaient dans les propriétés cossues en présence des propriétaires. Ils dérobaient les bijoux et les petits objets, l'argent liquide, et extorquaient les codes de carte bleue à grands coups de poing dans la gueule. Plusieurs des victimes s'étaient retrouvées à l'hôpital avec des os du visage fracturés.

La plupart des propriétés étaient des maisons secondaires que les nantis habitaient quelques semaines dans l'année, le temps de la saison hivernale. Les criminels étaient méthodiques et très bien informés. Les policiers avaient suivi la piste d'une entreprise de nettoyage chargée de préparer les demeures avant la venue des vacanciers. Après vingt-quatre heures en garde à vue, la secrétaire avait lâché le morceau. Elle procurait à son petit ami et ses deux complices fraîchement sortis de prison les renseignements sur les biens que détenaient les familles, les allées et venues, les alarmes. Les quatre malfaiteurs avaient été appréhendés et écroués. Max s'était chargé de recevoir les victimes, qui défilaient depuis quinze jours dans le petit bureau au fond du couloir pour identifier leurs biens. Il était lessivé, il n'arrivait plus à réfléchir objectivement. Il avait atteint ses limites, le café ne lui faisait plus aucun effet. Il fallait être raisonnable ; pour récupérer, une bonne nuit de sommeil s'imposait.

Arrivé dans le hall du commissariat, il rencontra Youcef.

— Salut ! T'as une tête de déterré.

Le chef de la police scientifique avait recouvert son ventre bedonnant d'un tee-shirt à l'effigie d'AC/DC.

— Venant d'un médecin légiste, je prends ça pour un compliment. (Max bâilla) Je rentre chez moi, je suis crevé. À plus.

— Attends, je voulais te voir, j'ai fait une trouvaille à propos de l'arme de Laurent Duval. Elle a été détruite en 2000.

— Quoi ?

La porte d'entrée s'ouvrit sur deux policiers en tenue, Max et Youcef se turent un instant.

— Ben, elle a été enregistrée dans le lot partant à la destruction, mais elle est bien là, reprit le fan de hard rock.

— Comment c'est possible ?

— Comme le reste, coco, des dossiers s'égarent, des pièces à conviction se perdent, des témoins s'évaporent. Bon, ça ne change rien aux conclusions, c'est juste une info. Allez, va te coucher. À plus.

La lourde main de Youcef lui claqua dans le dos, Max chancela. Il sortit ses lunettes de soleil pour cacher les bleus que la fatigue avait dessinés sous ses yeux et se dirigea vers une promesse de repos bien mérité.

*
* *

Wendy avait téléphoné de l'avion, elle rentrerait en taxi. Laura se sentit soulagée, elle n'avait aucune envie de courir jusqu'à l'aéroport de Grenoble. Elle n'avait pas le courage de se confronter au flot de voitures se déversant sur le périphérique à l'heure de pointe et au tumulte des moteurs et des klaxons. Elles avaient quitté la capitale à cause des soucis qu'elles avaient rencontrés suite à la diffusion de l'émission sur le meurtre de leur mère. Mais à ce jour, rien ne les empêchait de retourner à leur vie parisienne. Seulement, Laura avait su apprécier ce calme, loin de la pollution olfactive et auditive des grandes villes. Elle aimait pouvoir se promener sur les sentiers à toute heure de la journée, ouvrir la fenêtre de sa chambre sur la montagne changeante, laisser l'air froid remplir ses poumons, savoir qu'elle n'avait pas la limite du dernier métro pour rentrer chez elle. Wendy aurait peut-être préféré retourner à sa vie citadine, avec ses boutiques, ses restaurants et ses boîtes de nuit branchées, mais elle ne pouvait pas se résoudre à vivre loin de sa sœur. Depuis leur installation en Savoie, elle faisait régulièrement les trajets en avion pour retrouver ses amis parisiens. Laura lui avait demandé si elle était certaine de vouloir s'installer définitivement dans la maison de leur grand-mère.

— Je suis ravie, avait-elle répondu. En plus, le champagne en première classe est excellent.

Laura avait décidé de cuisiner des lasagnes, le plat préféré de sa cadette. Elle voulait les accompagner d'un mesclun et d'un bon vin rouge. Elle décida de descendre à pied à la supérette de la station, elle en aurait pour trente minutes et serait rentrée avant l'arrivée de Wendy. Elle pouvait suivre la route goudronnée, mais elle préféra prendre le sentier débutant derrière la maison. Elle enfila ses bottes en caoutchouc, car il avait plu la nuit précédente et le jardin qu'elle devait traverser pour arriver à l'orée des arbres était tout boueux. Elle sortit par la véranda, emmitouflée dans un gros gilet de laine, son panier à la main. En les examinant bien, on pouvait distinguer les premières fleurs sur les branches de cerisiers. Bientôt, le jardin se gorgerait de leur senteur délicate. Laura s'agenouilla pour respirer le parfum des tulipes et des anémones qui emplissaient les massifs de leur coloris frais et lumineux. Du coin de l'œil, elle remarqua plusieurs empreintes, comme si on avait piétiné à cet endroit. Elle réfléchit un instant et sa gorge se serra. Le jardiner n'était pas venu cette semaine. Elle se releva et se mit à courir vers la maison.

Max s'apprêtait à sortir quand il reçut un coup de fil. Après une nuit de douze heures et une bonne douche, il se sentait d'attaque. Mais son frigo était tristement vide, son petit-déjeuner s'était réduit à un bol de café et un biscuit légèrement rassis. Son estomac criait famine et il avait décidé d'aller à la crêperie.

— Lieutenant Pons, c'est Laura Sasso, Étienne Michot est revenu !

— J'arrive.

Laura raccrocha. Elle avait refermé la porte à clef derrière elle, mais elle retourna vérifier, puis contrôla aussi la porte d'entrée ainsi que l'alarme. Elle envoya un SMS à Wendy pour qu'elle se rende directement chez Charles. Elle monta ensuite sur une chaise dans le salon et tâta le dessus du meuble. Prise de panique, elle se jucha sur la pointe des pieds, ses yeux dominant tout juste les menuiseries. Son revolver avait disparu.

*
* *

La tornade blonde en tailleur violine s'engouffra dans le salon, suivie de Charles et de Wendy. Martine ne prit pas la peine de saluer le lieutenant Pons, elle serra Laura contre son opulente poitrine.

— Oh, ma pauvre petite. Vous n'êtes pas en sécurité ici toutes seules, hein, Charles, elles ne sont pas en sécurité ? Vous allez venir vous installer à la maison. Tu veux quelque chose à boire, à manger ? (Elle avait sauté du canapé) Je vais faire du café, ma pauvre petite, dit-elle en secouant la tête d'un air navré.

Elle disparut dans la cuisine.

Charles posa un baiser sur le front de Laura.

— Qu'en pensez-vous, Lieutenant ? dit-il en s'asseyant entre les deux filles.

Max lut l'inquiétude sur ses traits. À ce moment précis, il n'avait plus devant lui l'avocat, mais simplement un homme soucieux, préoccupé par ce qui pourrait arriver à ses filles.

Charles et Martine n'avaient pas eu d'enfants. Ce n'était pas faute de le désirer de tout leur cœur, mais la nature en avait décidé autrement. Ils avaient reporté leur amour sur Laura et Wendy, qui le leur rendaient bien. Une famille recomposée, en quelque sorte.

— L'identité judiciaire va arriver pour relever les empreintes. Comme je disais à mademoiselle Sasso, nous ne pouvons pas être certains que ces empreintes appartiennent à Étienne Michot. Mais cette piste n'est pas à écarter. Il serait en effet préférable, comme l'a suggéré votre épouse, que vous les hébergiez quelque temps.

— Non, ce ne sera pas nécessaire, dit Laura d'un ton sec.

— Chérie, tu devrais peut-être y réfléchir.

— Non, je ne laisserai personne me chasser de ma maison, je reste ici.

— Moi aussi. (Wendy prit la main de sa sœur et la serra très fort) J'ai confiance en toi.

Laura pensa à son revolver et se sentit mal à l'aise. Elle n'avait rien dit de sa disparition. Elle l'avait cherché un peu partout dans la maison avant l'arrivée de la police. Elle s'était creusé la tête pour se remémorer la dernière fois qu'elle l'avait vu. Peut-être que Wendy l'avait déplacé sans lui en parler. Elle le lui demanderait plus tard. On frappa à la porte. Martine ouvrit à deux policiers en civil. Le plus corpulent, qui portait une valisette métallique, s'adressa à Max qui les dirigea vers le jardin.

— Tu as vu ? On dirait un vieux biker qui aurait piqué la barbe du père Noël, chuchota Wendy.

— Chérie, reste tranquille, la gronda Charles. Laura, tu es sûre de toi ? On serait plus sereins, avec Martine, si on vous avait à la maison juste le temps de retrouver cet homme. On ne sait pas ce qui pourrait lui passer par la tête à nouveau.

— On fera attention, le rassura-t-elle, tout ira bien.

— Soit, vous êtes de grandes filles à présent. Je ne peux pas vous obliger à changer d'avis, mais je vais engager quelqu'un pour surveiller la maison jour et nuit.

— Non, ce n'est pas nécessaire, je t'assure.

— Ce point n'est pas négociable.

Le ton autoritaire de sa voix ne laissait aucune place à la discussion.

— Bien, concéda Laura.

— Nous avons le nécessaire pour l'instant, je vous contacte dès que j'ai du nouveau. Nous allons sortir par le jardin.

Le lieutenant Pons fit un signe de tête en guise de salutation et sortit rejoindre ses collègues.

Charles et Martine attendirent l'arrivée du garde du corps pour rentrer à leur domicile. Laura ne voulait pas qu'il reste dans la maison, mais elle finit par accepter sa présence, surtout pour interrompre le flot de paroles de Martine. Laura tira sa sœur à l'étage tandis que l'homme s'installait dans la véranda. Elle lui parla de la disparition du revolver. Comme elle le craignait, Wendy ne savait pas du tout où il était.

— Tu n'as laissé rentrer personne ?

— Non, Lolie, je t'assure, je ne vois pas.

Les yeux de Wendy s'embuèrent.

— Ça ne fait rien, je vais le retrouver, il ne peut pas être bien loin. Ne te fais pas de souci.

— Tu veux bien que je dorme avec toi, ce soir ?

— Bien sûr, dit Laura en enlaçant sa jeune sœur.

Max avait fait son rapport au juge Barduc. Comme elle le lui avait précisé, elle ne lui avait accordé que dix minutes. Ce serait bien suffisant, il n'avait pas grand-chose de plus à lui communiquer, mais il lui fallait son approbation pour interroger la mère d'Étienne Michot. Il n'arrivait pas à mettre le doigt dessus, mais il sentait qu'ils étaient passés à côté de quelque chose d'important.

Il avait rejoint la juge sur le terrain où elle pratiquait le ball-trap. Elle l'avait écouté d'une oreille discrète, ponctuant son monologue de coups de fusil.

— Bref, vous n'avez pas grand-chose de plus. Une simple supposition que ces empreintes de chaussures appartiennent à monsieur Michot. (Elle tira et fit mouche) Vous aurez votre commission rogatoire, interrogez de nouveau madame Michot, si son fils est dans le coin, elle est certainement au courant. (Elle tira de nouveau) Vous voulez un conseil ? Vous êtes jeune et ce sont de charmantes jeunes femmes. Ne laissez pas vos hormones perturber votre jugement. Au revoir, Lieutenant.

— Quelle conne, maugréa-t-il en rejoignant sa voiture.

Laura se leva sans un bruit. Il faisait nuit et Wendy dormait encore. Elle descendit à la cuisine. En passant devant le salon, elle aperçut la silhouette du garde du corps, assis sur une chaise. Elle détestait savoir un inconnu dans sa maison, mais il fallait l'avouer, sa présence était plutôt rassurante. Elle alluma la cuisine et prépara du café. L'horloge au-dessus de la porte annonçait six heures. Elle servit deux tasses qu'elle déposa sur un plateau avec le sucre et des beignets. Avant de pénétrer dans la véranda, elle l'examina. Il devait faire un mètre quatre-vingts, et était bien bâti. Il avait la cinquantaine environ et portait un costume gris classique. Impassible, il fixait l'extérieur. Elle posa une tasse sur la table.

— Merci, dit-il d'une voix rocailleuse.

— Vous faites ce métier depuis longtemps ? demanda-t-elle en tendant le sucrier. Monsieur…

— Non, merci, pas de sucre. Appelez-moi Samuel. Bientôt quinze ans.

— C'est long, vous avez dû travailler pour de nombreuses personnes.

— En effet.

— Et selon vous, toutes ces personnes couraient un danger ?

— Ce que je pense n'a pas d'importance. Mon rôle consiste à ce qu'il ne vous arrive rien.

— Bien sûr.

En repassant dans le salon, elle trouva Wendy qui feuilletait l'album à la couverture verte, en sirotant un verre de jus d'orange.

— Tu es déjà levée ?

Laura s'assit sur le canapé et mit deux sucres dans son café.

— Oui, je n'arrivais plus à dormir. Il est resté là toute la nuit ? dit Wendy en désignant la véranda d'un geste du menton.

— Apparemment, oui.

Wendy se replongea dans les photos. Elle s'arrêta sur celle des trois copines.

— C'est celle que Duval t'a montrée ?

— Oui, il avait le morceau supérieur et la police a trouvé l'autre morceau dans le blouson de Betty.

— Pourquoi l'avoir partagée ?

— Aucune idée.

— Elles se ressemblent drôlement.

— Qui donc ?

— Elle (Wendy désigna Céline) et la fille de la photo que je t'ai envoyée.

— Oui, en effet. Je l'ai aussi remarqué.

— Et ce… comment, déjà ?

— Éric Bernier.

Laura avait la chair de poule, elle s'enveloppa dans une couverture.

— Tu crois qu'il a quelque chose à voir avec le meurtre de ton amie ?

— Je ne pense pas. Les infos que tu m'as envoyées indiquent qu'il était dans le coma, suite à un grave accident de voiture, le jour où Céline a été tuée.

— Tu te rappelles quand Mamie nous traînait pour installer toutes ces décos ? (Wendy caressa du doigt les fanions et les guirlandes) En fait, j'aimais bien ça, même si on devait se lever aux aurores. L'artificier – il s'appelait George, je crois, je me demande si c'est encore lui –, il me laissait regarder les préparatifs et le soir je pouvais être à côté de lui pour profiter du feu d'artifice. Un soir, je devais avoir douze ans, il m'a même laissée appuyer sur les boutons. C'était trop génial.

— Tu as dit quoi ?

— Ben, c'est moi qui ai tiré le feu d'artifice.

— Oui, je me rappelle à présent.

Laura prit l'album des mains de Wendy.

— Regarde.

Wendy se concentra sur le cliché, cherchant à savoir ce qui avait changé. Elle fronçait les sourcils.

— Je suis désolée, mais je ne vois rien.

— Attends, je reviens. (Laura lâcha l'album et courut chercher son ordinateur portable) L'article prétend que l'accident de voiture a eu lieu le treize juillet (Laura cliqua sur la page suivante) et regarde, le procès-verbal de l'accident est aussi daté du treize juillet.

— Oui, je lis aussi bien que toi.

— Regarde !

Elle indiqua la 106 blanche sur la photo. Tout était clair, elle comprenait maintenant ce que Duval avait essayé de lui montrer.

— Comment est-ce possible que sa voiture soit sur cette photo ? Elle a été prise le quatorze !

— Tu es sûre ?

— Oui, enfin presque, je me rappelle qu'on s'était éclipsées, car on ne voulait pas aider pour les préparatifs.

Ce fut autour de Wendy de partir en courant. La photo à la main, elle monta quatre à quatre l'escalier en faisant voler ses pantoufles roses à pompons.

— Tout va bien ?

Le garde du corps aux cheveux grisonnants s'avança jusqu'à la porte

— Je veux croire que oui, répondit Laura avec un sourire timide.

Un smiley rose envahit son écran. Elle cliqua dessus.

— Je dois encore les travailler, mais c'est lisible, cria Wendy en redescendant bruyamment l'escalier.

Le dossier comportait deux fichiers. Le premier était un agrandissement de la plaque de la voiture. Elle prouvait que la voiture sur la photo était bien celle d'Éric Bernier. La deuxième était un agrandissement d'une montre Flip Flap vert et violet appartenant à Betty. Laura l'avait toujours trouvée très moche, mais à présent elle ne pouvait en détourner les yeux. L'affichage numérique annonçait 15 h 54. En haut à gauche on pouvait lire 14 juillet 1996.

— Qu'est-ce qu'on fait, à présent ? demanda Wendy, tout excitée.

— Il nous faudrait plus d'infos sur Éric Bernier et sur le meurtre de Céline. Je commence à croire que Betty avait raison.

— Je m'en occupe.

Wendy pianota sur le clavier. Elle fixait l'écran comme si elle voulait l'hypnotiser. Après quelques instants, elle releva la tête.

— Voilà, Éric Bernier, fils de Michelle et Bertrand Bernier, menuisier. (Elle suivait le texte avec le doigt en marmonnant) Son accident de voiture lui a laissé de graves séquelles. Suite à cela, il a été hospitalisé dans une maison de repos, Les Songes. (Wendy écrivit l'adresse sur un papier) Il semble qu'il n'y ait plus rien sur lui ensuite.

— On trouvera peut-être des infos sur son adresse actuelle auprès du secrétariat de la maison de repos. J'irai tout à l'heure après ma réunion. Et pour Céline ?

— Je ne peux rien faire, désolée, le dossier n'est pas informatisé. Beaucoup de documents administratifs d'avant 2000 n'existent que sur papier. J'ai juste pu avoir le numéro de dossier 1345/07/96. Je trouve cette histoire très amusante, jouer aux détectives c'est follement passionnant, conclut Wendy en tapant dans ses mains.

— Excusez-moi, mais j'ai entendu votre conversation sans le vouloir. Je peux peut-être vous aider pour le dossier qui vous intéresse. (L'homme à la voix rocailleuse se tenait dans l'entrée) Je connais un flic qui me doit un service.

— Pourquoi vous feriez ça ?

— Il semble que votre amie Betty suivait cette piste et elle est morte. Comme je vous l'ai dit, mon rôle consiste à ce qu'il ne vous arrive rien.

Chapitre 13

La petite vieille attendait assise dans le bureau. Elle était pelotonnée, le dos rond, sur la chaise en métal, ses mains sèches à plat sur son sac à main posé sur ses genoux. Max avait convoqué madame Michot au commissariat. Il n'avait pas voulu l'interroger à son domicile, là où elle se sentait en sécurité. Il espérait qu'elle serait suffisamment déstabilisée pour dire ce qu'elle savait. Elle donnait l'impression qu'un simple coup de vent pouvait la briser en mille morceaux, mais elle était bien plus résistante que son petit corps voulait le laisser paraître. Il l'avait fait entrer dans son bureau et était sorti pour la laisser seule un moment. Ses petits yeux noirs avaient parcouru la pièce, puis s'étaient posés sur sa montre. Elle avait ensuite cherché un long moment dans son sac quelque chose qu'elle ne trouva pas, comme pour se donner une contenance. Elle regarda de nouveau autour d'elle, quelque peu inquiète. Ce fut le moment que Max choisit pour entrer.

— Madame Michot. (Il fit le tour du bureau et s'installa devant l'ordinateur, face à elle) Je sais qu'Étienne est dans le coin.

La petite vieille pinça les lèvres.

— Madame Michot, si vous êtes en contact avec Étienne, il faut me le dire. Il doit se rendre, il ne pourra pas fuir toute sa vie. Si vous faites un effort, je vous promets d'intervenir en sa faveur auprès du juge.

— Vous avez des enfants, jeune homme ?

— Non, Madame. Mais je ne suis pas le sujet de la conversation.

— Un jour, il devait avoir sept ans, il est rentré de l'école en pleurant. Cela faisait plusieurs jours qu'il n'était pas bien. Je lui ai demandé ce qui s'était passé. Il n'a rien voulu me dire. Il est très secret, mon Étienne. Mais le lendemain, je suis allée à la sortie de l'école, j'ai vu le petit Martinez le pousser par terre et mon Étienne s'est mis à pleurer. Mon Étienne c'est un gentil, il ne sait pas se défendre. J'ai dû intervenir pour que ce garnement ne l'ennuie plus. Je sais que vous l'accusez de ces vilaines choses, mais vous vous trompez, ce n'est pas lui.

— Madame Michot, aujourd'hui encore, il va falloir que vous interveniez pour le bien de votre fils, il nous faut retrouver Étienne. Vous l'avez vu dernièrement ?

Les yeux ridés de la petite dame s'embuèrent, sa voix tremblota.

— Mon Étienne a de gros soucis, cette fois.

— Oui, de gros soucis.

Elle fixait le mur en face. Elle se tortilla, cette chaise était vraiment très inconfortable. Elle pesa le pour et le contre.

— Mais si je vous le dis, il m'en voudra. C'est un bon garçon, mon Étienne, vous savez, il n'est pas méchant, il est juste un peu différent. Ce sont les autres qui ne le comprennent pas. (Ses traits se durcirent) Les femmes, surtout. Mais moi, je l'aime.

Elle cacha son visage dans ses mains.

— Oui, il n'y a pas de doute sur l'amour que vous portez à votre fils et c'est parce que vous l'aimez que vous faites le bon choix. Dites-moi quand il vous a contactée.

— Il y a deux jours, il est venu à la maison. (Elle avait rapetissé, cachée derrière son gros sac à main en cuir marron qu'elle tenait fermement) Il m'a dit qu'il ne pouvait pas rester longtemps.

— Il vous a dit autre chose, peut-être l'endroit où il est actuellement ?

— Non, il m'a dit que tout irait bien et il m'a donné quatre cents euros. Et puis il est parti. C'est un bon garçon, mon Étienne.

Max fit raccompagner madame Michot à son domicile par une patrouille, après avoir promis plusieurs fois de la tenir au courant.

— Pauvre petite vieille, soupira Lucien.

Il avait réintégré son vieux fauteuil esquinté. Il était confortable et, malgré son état piteux, il refusait d'en changer.

— Oui, peut-être.

La lumière de l'écran éclairait les traits tirés de Max. Il avait dû raccourcir son week-end de congé et les heures de sommeil qu'il s'était accordées n'avaient pas suffi à le requinquer.

— Tu crois qu'il est toujours dans le coin ? (Lucien lui tendit un café.) Tiens, tu en as bien besoin.

— Merci. Ce que je me demande, c'est d'où il sort ces quatre cents euros.

— En tout cas, ça explique pourquoi il n'y a pas eu de mouvements sur son compte. Il se procure de l'espèce. Je m'en occupe, s'il trafique dans le coin, je devrais pouvoir avoir des infos.

Le téléphone sonna. Lucien attrapa le combiné. Il ponctua sa conversation de quelques « oui » et d'un « OK », avant de raccrocher.

— Ça va te plaire, jeunot. C'était un ancien collègue, tu ne dois pas le connaître, il est parti avant ton arrivée. Bref, il bosse comme garde du corps chez les sœurs Sasso. Il m'a demandé si je pouvais lui procurer le dossier sur le meurtre de Céline Piochet.

— Tu lui as dit oui ? Tu sais que c'est illégal.

— Je ne m'attache pas trop aux détails, ironisa Lucien.

— Mais pourquoi ont-elles besoin du dossier ?

— Je ne sais pas vraiment. Il m'a expliqué que Laura Sasso pense que Duval est innocent.

— Oui, je sais, elle m'en a déjà parlé.

— Elle suivrait apparemment la piste d'une 106 blanche et d'un certain Éric Bernier. La petite Sasso pense qu'il pourrait avoir un lien avec le meurtre de Céline Piochet. Tu en penses quoi ?

— Jamais entendu parler de lui. Par contre, il me semble avoir lu quelque chose sur un véhicule, dans un PV d'audition de Duval. Mais ça n'a rien donné, les policiers n'ont pas suivi cette piste, ils étaient certains de sa culpabilité.

— Il était coupable, affirma le vieux cow-boy.

« S'il a l'air coupable, c'est que c'est certainement le cas ». Le dicton de Lucien résonnait dans les oreilles de Max, pourtant, l'impression qu'il était passé à côté de quelque chose d'important le tenait plus que jamais.

— Betty Wood et maintenant Laura en doutent, je dois avoir une discussion avec elle.

— En voilà une super-excuse pour la revoir ! Tu pouvais juste dire que tu la trouves à ton goût.

— Si c'était le cas, tu serais le dernier au courant, dit Max en esquissant un sourire.

— Avant que tu partes, madame Wood a téléphoné, alors…

Lucien chercha le papier sur lequel il avait noté le message, dans le fatras de son bureau. Il tira sur un tract coincé sous une pile de dossiers qui annonçait la fête du pain d'Avrieux. Il le lissa du plat de la main.

— Ah, voilà, elle s'excuse de ne pas t'avoir rappelé plus tôt, mais elle était en voyage. Elle n'a rien trouvé, ni au domicile ni au bureau de Betty.

— C'est quoi cette histoire ? Je ne lui ai jamais téléphoné, dit-il en pianotant l'indicatif des États-Unis sur son portable.

Chapitre 14

La réunion de Laura s'était éternisée, il était un peu tard pour passer à la maison de repos. Elle demanda tout de même au chauffeur de faire un détour pour passer devant. Charles avait insisté pour qu'elle ne se déplace plus toute seule.

— Je t'assure, lui avait-elle dit, ce n'est pas nécessaire.

— Pas nécessaire ! avait-il rétorqué, une pointe de colère dans la voix. Cet homme vous a poussées dans un ravin, et il s'est introduit dans votre jardin. La dernière fois que tu m'as dit cela, tu t'es retrouvée attachée à un lit par un fou furieux. Je ne veux pas discuter de ça avec toi. (Sa voix s'était radoucie) Écoute, chérie, tu n'es pas toute seule comme tu sembles le penser, laisse-moi vous aider.

Elle avait cédé, de toute façon elle avait du mal à dire non à Charles, qu'elle considérait comme un père. Il avait toujours su la raisonner, apaiser sa colère et gommer ses peurs. Quand elle se fâchait avec sa grand-mère, il plantait ses grands yeux bleus dans les siens et lui parlait d'une voix calme. Il finissait toujours par lui faire entendre raison, alors que la parole des autres attisait sa colère.

— On y est, dit le chauffeur en ralentissant devant un grand portail en fer forgé.

Sur le fronton, deux têtes de lion rugissaient. Au fond du parc, derrière de grands marronniers centenaires, on devinait une vieille bâtisse. Laura regarda sa montre, qui indiquait dix-neuf heures.

— Il est trop tard, je reviendrai demain.

Arrivée à la maison, Laura trouva une grosse enveloppe sur le meuble de l'entrée. Elle posa sa main sur l'énorme dossier qui contenait les informations sur le meurtre de Céline et ferma les yeux. Elle inspira profondément, elle ne pouvait plus faire marche arrière, elle devait découvrir la vérité et savoir si elle avait contribué à mettre un innocent en prison.

Elle se dirigea vers la véranda. Elle entendit une voix masculine et les gloussements de Wendy.

— Ah, te voilà, ma Lolie, j'ai commandé chinois pour ce soir, je te présente Paul.

Le jeune homme en costume gris se leva et lui tendit la main.

— Bonjour, Mademoiselle. (Laura le fixa, son visage juvénile encadré par des mèches blondes contrastait avec sa carrure athlétique) Je serai votre chevalier servant pour cette nuit, dit-il en regardant Wendy d'un œil coquin.

— Ben voyons, ronchonna Laura en les laissant roucouler.

Après avoir pris une douche, elle rejoignit Wendy et son nouveau prince charmant dans la cuisine. Elle se réchauffa des nouilles aux champignons noirs et des brochettes de canard. Wendy et Paul dégustaient des nems et du porc au caramel. Leur discussion était ponctuée des rires retentissants de Wendy.

— Vous ne devriez pas être en train de surveiller les alentours de la maison ? grommela Laura en faisant crisser la chaise contre le carrelage.

— Oh, Lolie, c'est très désagréable, s'exclama Wendy en se bouchant les oreilles.

— Ne vous inquiétez pas, je connais mon travail, je ne perds pas de vue ma mission.

— Pour l'instant, c'est ma sœur que vous ne perdez pas de vue.

— Lolie ! glapit sa cadette en rougissant.

— Excusez-moi, je vais vous laisser. (Paul se leva) Je serai dans la véranda, dit-il à l'attention de Wendy.

— Tu es très impolie, il est très gentil, protesta Wendy lorsqu'il eut quitté la pièce.

— Je n'en doute pas, mais il n'est pas payé pour te faire les yeux doux, il est censé surveiller que personne ne s'introduise dans la maison ou le jardin.

— Qu'est-ce que tu peux être rabat-joie ! Je vais lui amener le reste de son repas.

— C'est ça, et ton voyage en Italie ?

— Oh, j'ai décommandé, ça ne m'amusait plus.

Laura soupira. Elle finit son assiette rapidement, elle était éreintée. En passant dans l'entrée, elle récupéra le gros dossier, qu'elle voulait commencer à parcourir avant de dormir.

Lorsque le réveil sonna, elle se sentit comme anesthésiée. Elle avait lu jusqu'à tard dans la nuit. Les photos du corps de son amie avaient peuplé les rares moments où elle avait réussi à dormir. Elle avait ingurgité la masse d'informations qui lui avait apporté plus de questions que de réponses. Bref, elle n'avait pas progressé d'un pouce. Elle s'étira, le réveil sonna à nouveau. Il fallait se lever. Elle voulait se rendre à la maison de repos dès l'ouverture des heures de visites.

*
* *

— Vous êtes de la famille ?

Le jeune aide-soignant leva à peine les yeux de ses dossiers.

— Non, pas exactement. Je suis une vieille amie, j'ai appris qu'il était ici alors je voulais lui faire un petit coucou.

Elle lui fit son plus beau sourire.

— Désolé, je ne peux laisser entrer que les personnes de la famille, dit-il, le nez dans sa paperasse.

— Écoutez… (Elle claqua la paume de sa main sur la pile de dossiers, un billet de cent euros dépassant de ses doigts) C'est important, continua-t-elle, je dois lui parler quelques instants. Personne ne saura que vous m'avez laissée entrer, je sais être discrète.

Il empocha le billet et releva la tête. Il devait avoir dans les vingt ans et pourtant son regard était déjà usé par les courtes nuits et l'abus d'alcool.

— À vous de voir.

Il la précéda dans un long couloir aux murs jaune fané. Ils passèrent devant plusieurs portes de chambre. Elle n'eut pas le temps de lire les noms, le jeune aide-soignant arpentait le long couloir au pas de course.

Il tourna à gauche et s'arrêta devant une porte.

— Vous sortirez par ici, dit-il en désignant la porte de secours. Vous avez quinze minutes avant que ma collègue prenne son poste. Je ne pense pas que vous en aurez besoin d'autant.

Il grimaça et fit demi-tour.

Elle attendit qu'il soit suffisamment loin pour pousser la porte. Dans la pénombre, elle vit une silhouette étendue sur un lit médicalisé. Des tuyaux sortaient de son nez et de sa bouche. Une ligne sautillait sur un écran, émettant un bip régulier. La couverture verte recouvrait le corps jusqu'aux épaules. Elle s'approcha sur la pointe des pieds. Elle découvrit le visage imberbe d'un homme d'environ trente ans, immobile, les yeux clos. Sa respiration lente et régulière, qui soulevait légèrement le drap, s'accordait avec le bruit du gros poumon artificiel à côté du lit. Laura fronça les sourcils et retourna vers la porte pour lire le nom : Éric Bernier.

— C'est bien lui, dit-elle en rejetant un coup d'œil dans la chambre sombre.

— Oui, en effet, Mademoiselle Sasso.

Laura sursauta.

— Lieutenant Pons, vous m'avez suivie !

— Non, je suis juste curieux, moi aussi.

Max pénétra dans la pièce. Il fit le tour du lit et s'approcha de la commode chargée de cadres photo de différentes tailles et formes.

— Il est dans le coma depuis son accident. Sans les machines, il est incapable de survivre. C'est cette voiture qui vous cause des soucis ? demanda Max en tendant un cadre argenté à Laura.

— Oui, c'est la 106 qui apparaît sur les photos. Mais comment vous savez pour la voiture ?

— Peu importe, ce qui est important c'est que j'ai décidé d'éclaircir quelques points. J'ai besoin que vous m'expliquiez ce que vous savez.

— D'où vous vient ce revirement soudain ?

— Quelqu'un s'est fait passer pour moi auprès de madame Wood pour récupérer les preuves que sa fille détenait. D'après sa mère, elle était certaine de son innocence, elle lui a dit qu'elle était presque au bout, qu'elle pourrait bientôt mettre à jour le vrai coupable. Depuis le début de cette affaire, on n'a rien trouvé, j'ai fini par penser qu'il n'y avait rien à trouver. Vous saviez que Betty était soignée pour une grave dépression ? Elle n'a pas quitté son emploi, elle a été licenciée. Duval était devenu son obsession. Les médecins ont diagnostiqué une psychose. J'ai pensé la même chose que sa mère, que toutes ces preuves d'un autre coupable faisaient partie de ses troubles.

— Et maintenant ?

— Maintenant, je me demande pourquoi on s'est fait passer pour moi et pourquoi vous êtes dans cette chambre.

— Vous ne pensez pas que c'est moi ? s'offusqua Laura.

— Vous connaissiez madame Wood, elle vous apprécie, vous n'aviez pas besoin de vous faire passer pour quelqu'un d'autre.

— Sortons, cette chambre me donne la chair de poule.

Laura laissa glisser le cadre photo dans son sac à main.

Assise dans la cuisine, devant un café, Laura venait de finir de raconter à Max tout ce qu'elle savait. Il avait tout noté minutieusement. Il posa son pad sur la table et souffla sur sa tasse.

— Comment voulez-vous que cet homme soit le meurtrier ? Il était dans le coma quand Céline a été tuée.

Laura se leva et partit dans le salon.

Elle revint quelques minutes plus tard avec la photo les représentant, elle et ses deux amies.

— Regardez, c'est la photo que Betty et Laurent se partageaient. Elle a été prise le Quatorze Juillet et la voiture est là. Betty devait savoir quelque chose et puis Duval était obsédé par cette voiture. Elle a dû faire des recherches, ce n'est pas possible qu'il n'y ait rien.

— En effet, c'est troublant. Bernier n'a donc pas eu l'accident le treize juillet. Si Betty a eu le même cheminement que nous, elle a dû lui rendre visite.

— Elle a découvert quelque chose qui nous échappe.

— Je vais y retourner et poser quelques questions. Merci pour le café.

— Vous me tiendrez au courant, Lieutenant ?

— Oui, je vous appelle dès que j'ai du nouveau et vous, vous restez tranquille. Vous en avez fait suffisamment. C'est à la police de se charger de ça.

Chapitre 15

Étienne Michot faisait les cent pas dans sa minuscule chambre d'hôtel. Il se demandait combien de temps il faudrait à la police pour le retrouver. Il avait déjà dépensé tout l'argent. Il avait dû revenir en ville et il n'avait pas pu s'empêcher d'aller voir sa mère. Grossière erreur, elle ne savait pas mentir, ils devaient déjà savoir qu'il était revenu. Il lui faudrait faire vite, les faux papiers qu'il avait réussi à se procurer lui laisseraient un peu de temps. Ce soir, tout serait terminé et il empocherait son billet pour la liberté. De toute façon, il ne pouvait plus faire marche arrière. Il suait à grosses gouttes, il avait toujours transpiré plus que la normale. Déjà quand il était gamin, les autres se moquaient de lui, le bousculaient et le montraient du doigt. À l'âge adulte, rien n'avait changé, les hommes se moquaient de lui ouvertement et les femmes le regardaient avec une moue dégoûtée. Il tenait sa revanche, bientôt il serait au soleil avec suffisamment d'argent pour vivre sans contraintes avec sa mère. Il s'achèterait une maison et une voiture de sport, tout ce dont il rêvait. Et puis quand on a du pognon, on peut tout s'offrir, même des amis et surtout des femmes. Il s'essuya le front. Il décrocha son téléphone à la deuxième sonnerie. La voix dans le combiné lui donna le lieu et l'heure de l'échange. Il tapota sa poche de chemise que l'iPhone de Betty déformait.

Il arriva en avance et gara la voiture de location sur le bord de la route, avant de s'engager sur le chemin entre les arbres. La nuit était claire, heureusement, car il n'avait pas pensé à prendre une lampe torche. Il se tamponna le front avec un mouchoir brodé à ses initiales. Sa mère continuait à broder ses initiales sur tous ses vêtements. Certains auraient pensé qu'à son âge ce n'était plus nécessaire et infantilisant, mais lui trouvait l'intention charmante, sa mère était pleine d'égards pour lui. Elle était la seule femme qui méritait son amour et son respect. Il arriva au bord de l'étang. On entendait le hululement d'un hibou ou d'une chouette, il n'avait jamais réussi à faire la différence. Il tapota la poche de sa chemise. Plus que quelques heures et tout serait terminé. Il n'entendit pas la silhouette se rapprocher dans son dos. Il s'affaissa lorsque la première balle fit exploser son rein. Il s'écroula face contre terre lorsque la deuxième balle lui déchira le poumon droit. Il entendit les pas se rapprocher. Son souffle se fit court, il cherchait l'air comme un poisson hors de l'eau. Une main gantée le bascula sur le côté et retira le portable de sa poche. La balle qui se logea dans sa tête lui tira son dernier souffle.

*
* *

Le commandant Lucien Nicopet voulait d'abord se rendre sur les lieux, pas la peine de faire venir le jeunot tout de suite. Il arriva à l'endroit que lui avait indiqué Youcef, à la sortie de Grenoble. Il suivit le chemin qui s'enfonçait entre les arbres et arriva au bord de l'étang. Un corps flottait sur le ventre, une tache de sang souillait sa chemisette bleue.

— Allez, on le sort.

Des gardiens de la paix chaussés de cuissardes semblables à celles des pêcheurs remontèrent le cadavre. Ils le déposèrent sur une grande bâche en plastique. L'odeur de putréfaction prenait à la gorge.

— C'est Michot ?

— D'après ses papiers, oui.

Youcef lui tendit un portefeuille de cuir marron.

— En effet, il semble que ce soit lui.

Lucien s'approcha du visage boursouflé du cadavre. L'odeur était immonde, et il appliqua son avant-bras sur ses narines. Il était difficile de l'identifier. Les petits charognards s'étaient régalés et il ne restait plus grand-chose du rondouillard.

— Il est là depuis quand ?

— C'est difficile à dire, j'en saurai plus à l'autopsie. Mais vu l'état du corps, je dirai qu'il est resté immergé entre trois et cinq jours.

— Cause du dézingage ?

— On lui a tiré deux balles dans le dos et une dans la tête. (Youcef avait soulevé les lambeaux de chemises, découvrant plusieurs impacts de balle) On cherche l'arme, l'équipe de plongeurs devrait arriver d'une minute à l'autre.

— Qui l'a trouvé ?

— Le mec, là-bas. L'endroit n'est pas très fréquenté, à part par quelques pêcheurs expérimentés.

— Bien, on se retrouve au commissariat.

En retournant à sa voiture, il prépara mentalement l'annonce du décès à la mère d'Étienne. Il l'avait déjà fait plusieurs fois, tout au long de sa carrière, mais, même préparé, la douleur des familles le transperçait à chaque fois. Il lui avait fallu se forger une carapace pour ne pas devenir cinglé, pour supporter au quotidien les cris, les larmes, le mensonge et puis la violence, la cruauté et la mort.

Il retrouva Max au bureau. Concentré sur l'écran de son ordinateur, ce dernier ne l'entendit pas entrer.

— J'espère que si ce n'est pas des filles à poil que tu regardes comme ça, c'est un truc qui va nous faire avancer !

— Les plongeurs n'ont rien trouvé ?

— Que dalle.

— Et sa voiture ?

— À part ses empreintes, rien. On a juste trouvé ce papier.

Il tendit un sachet plastique contenant un post-it froissé.

— Il est écrit vingt-deux heures, le domaine du château. Il avait rendez-vous.

— Apparemment. (Lucien croisa les jambes sur son bureau) Fabrication italienne sur mesure, un cadeau de Sophie.

Il avait troqué ses éternelles santiags contre une paire de chaussures en cuir noir à bout pointu.

— Quoi ?

— Les chaussures.

— Ah ouais.

— Elle me fait du bien, tu sais.

Max regarda son coéquipier, son ami, son visage buriné, sa barbe de trois jours devenue plus sel que poivre et, pendant un instant, il le trouva vieux.

— Chouettes chaussures, dit-il avant de se replonger dans ses recherches.

C'était le mieux qu'il pouvait faire. Lucien s'était depuis longtemps accommodé du peu d'éloquence de son jeune coéquipier.

— Alors, tu lis quoi ?

— Je cherche l'adresse des parents de Bernier, je dois aller les voir. Betty Wood a rencontré madame Bernier à la maison de repos. Le gars de l'accueil m'a dit qu'en ressortant elle marmonnait en anglais.

— Et alors ?

— Il a compris qu'elle disait un truc du genre « Je le savais, Laurent est innocent ».

— Tu penses que la mère Bernier sait quelque chose sur le meurtre de Céline ? Tiens, j'ai une autre question. Si Duval n'a pas tué la petite Céline, pourquoi il a tué Betty ?

— Je ne sais pas encore.

— À mon avis, tu cherches midi à quatorze heures.

— Peut-être.

— Je connais ce regard. Tu ne lâcheras rien tant que tu n'auras pas exploré toutes les pistes.

— Exact, tu peux t'occuper seul du meurtre de Michot ?

Max attrapa son manteau.

— T'inquiète.

Lucien fit claquer ses chaussures de fabrication italienne sur le sol. Elles étaient vraiment faites pour lui, comme Sophie.

*
* *

Quand Max arriva devant la maison des Bernier, il était dix-sept heures trente. Ils avaient bien voulu le recevoir le jour même, sans trop poser de questions. La petite maison vieillotte aux tuiles d'ardoise était entourée d'un jardinet bien entretenu. Max passa le portail écaillé et s'avança dans l'allée joliment fleurie. Les murs aussi demandaient à être repeints. Il sonna, une mélodie à trois notes se fit entendre à l'intérieur. La porte s'ouvrit sur un homme d'environ soixante ans. Des copeaux de bois étaient disséminés sur son polo et il tenait un ciseau de menuisier.

— Bonjour, je suis le lieutenant Pons, j'ai eu votre épouse au téléphone.

— Bonjour. Michelle, la police est là ! cria-t-il. Si vous voulez m'excuser, je suis en plein travail.

L'homme tourna les talons et disparut. Une petite bonne femme sortit de la cuisine en s'essuyant les mains dans son tablier constellé de taches de chocolat.

— Bonjour, Commissaire. J'étais en train de préparer des cookies, ils sont sur le point d'être cuits. Vous en goûterez bien un ou deux, avec une tasse de café ?

— Bonjour, je suis lieutenant, rectifia-t-il. Merci, avec plaisir.

Madame Bernier referma la porte derrière lui. Max s'avança dans la pièce principale. Les meubles sobres et la décoration modeste étaient aménagés avec goût. Sur la gauche, des portes westerns laissaient passer la bonne odeur de pâtisserie. Son estomac se contracta. Il réfléchit à la dernière fois qu'il avait mangé et déduisit qu'à part le croissant qui avait accompagné le café de son petit-déjeuner, il n'avait rien dans le ventre. En sortant, il se rendrait tout de suite chez Roberto, il faisait les meilleures pizzas du coin. Il s'installa à la table du séjour. Madame Bernier dressa deux tasses de café et une grosse assiette de cookies tous chauds.

— Votre époux ne se joint pas à nous ?

— Non, il faut l'excuser, c'est un ours, mais servez-vous, dit-elle en poussant l'assiette vers Max.

— Peut-être après, merci. Je tenais à vous remercier de me recevoir aussi vite.

— Je vous en prie. Vous vouliez que je vous parle de la jeune fille que j'ai vue dans la chambre d'Éric, c'est cela ?

— Oui, Madame, en effet, j'aimerais savoir de quoi vous avez parlé.

— Et bien, quand je suis arrivée... Vous savez, je vais le voir tous les jours à quatorze heures, depuis quinze ans. Elle était assise à son chevet. Éric était très solitaire et il n'avait pas vraiment d'amis. Ce n'était pas quelqu'un de désagréable, mais il préférait être seul. À l'époque, il passait des heures dans l'atelier de son père à créer des meubles. J'ai donc été très surprise de la voir. Elle s'est présentée comme étant une ancienne connaissance. Elle venait d'apprendre pour son état, car elle arrivait juste des États-Unis.

Max comprenait parfaitement ce que voulait dire madame Bernier, lui aussi préférait la solitude. Pas qu'il soit timide ou misanthrope, mais il ne se sentait vraiment bien que seul en pleine nature. Parfois, la foule l'empêchait de bien respirer. Il ne comprenait pas le plaisir que les gens éprouvaient à jacasser autour d'un repas ou d'un verre, tout cela l'ennuyait terriblement.

— C'était quand ?

— Oh, eh bien, (elle réfléchit un instant) c'était l'automne dernier, mais la date exacte... Ah oui ! En octobre, avant Halloween, car j'avais acheté des décorations pour Éric.

— D'accord et qu'est-ce qu'elle vous a dit ?

— Elle m'a posé des questions sur le jour de l'accident.

— Le Quatorze Juillet.

— Oui, c'est ça. Vous devriez prendre un cookie, c'est meilleur chaud, dit-elle en poussant de nouveau l'assiette. Il a eu un traumatisme crânien. Les médecins disent qu'il ne serait pas capable de respirer sans les machines, mais il y a l'histoire de cette femme chinoise qui s'est réveillée après trente ans de coma. (Elle essuya ses yeux avec un morceau de son tablier encore indemne) Je garde toujours espoir qu'il se réveille.

— Vous a-t-elle dit autre chose ?

— Nous avons discuté un moment, d'Éric surtout, et elle m'a parlé de ses années au Chalet Bleu, à la Norma. L'été de son accident, Éric travaillait avec son père sur un chantier à la Norma. Je me suis dit qu'elle l'avait sûrement rencontré là. Éric m'avait parlé d'une fille, j'ai compris à demi-mot que ce devait être sa petite amie. En tout cas, il semblait beaucoup l'apprécier. J'ai d'abord pensé que c'était peut-être elle.

— Vous avait-il dit comment s'appelait cette fille ? la coupa-t-il.

— C'est marrant, elle m'a posé la même question. Je lui ai dit que cela faisait longtemps, je ne suis pas sûre, il me semble que c'était Pauline ou Céline. Excusez-moi, mais je ne comprends pas vraiment le but de toutes ces questions.

— La jeune femme que vous avez rencontrée a été assassinée, elle se prénommait Betty. Les journaux en ont parlé cet hiver. On effectue une enquête de routine, mentit-il.

— Mon Dieu ! Nous n'avons pas la télé et nous ne lisons que très rarement les journaux. Quelle horreur ! De toute façon, je n'aurais pas fait le rapprochement, elle ne m'a pas dit son nom.

— Je vous remercie, je vais prendre congé.

Max se leva.

— Ne partez pas sans prendre quelques cookies.

Madame Bernier s'élança dans la cuisine et en ressortit avec un sachet.

— Vous pourrez en donner à votre dame, les femmes adorent les gourmandises, dit-elle avec un air de connivence.

Son portable vibra avant qu'il n'ait le temps d'arriver à sa voiture.

— Dans mon bureau, immédiatement.

La voix du juge Barduc claqua comme un coup de fouet. Il était dix-neuf heures quand il arriva dans le bureau de la juge. Il épousseta les miettes de cookies de sa cravate et cogna à la grande porte capitonnée. La juge Barduc était assise derrière son bureau en chêne. Elle leva la tête, les lèvres pincées.

— Entrez et asseyez-vous. Écoutez attentivement ce qui va suivre. Fini de jouer les princes charmants. Qu'est-ce que j'apprends ? Vous dilapidez l'argent de nos concitoyens pour une petite folle qui ébauche des théories absurdes, la bouche en cœur.

— Je vous assure que la piste d'un autre coupable est plus que plausible.

— Maîtrisez vos hormones, Lieutenant, et reprenez le chemin du commissariat. Je ne voudrais pas être obligée de demander des sanctions contre vous. Suis-je suffisamment claire ?

— Oui, très claire.

— Sortez et fermez la porte.

Max fulminait. Cette femme était vraiment une garce. Pas question de laisser tomber l'enquête. Il se foutait des conséquences, la vérité était plus importante. Laura était plus importante. Il effaça cette pensée. Son ventre cria de nouveau famine, il décida de se rendre à la pizzeria.

Chapitre 16

Wendy et Laura étaient assises dans le salon. Elles avaient décidé de tout reprendre depuis le début. Wendy, par terre en tailleur, relisait les notes du lieutenant, qu'elle avait étoffées lors de son dernier passage.

— Ce mec note tout, c'est flippant.

La sonnette retentit.

— C'est les pizzas, j'y vais.

Laura lâcha le lourd dossier. Elle saisit son sac au passage et ouvrit la porte sur une jeune fille blonde, tenant trois cartons à pizzas.

— Bonjour, ça fait cinquante-deux euros soixante-dix.

— Bonjour, je vous donne ça tout de suite.

Laura glissa sa main dans son sac, à la recherche de son porte-monnaie. Ses doigts s'arrêtèrent sur une surface dure et lisse, le cadre photo. Elle ne se rappelait même pas l'avoir pris. Elle paya la jeune livreuse et s'empressa de revenir dans le salon.

— Tu crois qu'on va manger tout ça ? dit-elle en posant les cartons de pizzas sur la table basse.

— Paul doit passer pour dîner avec moi.

— Et moi, je fais quoi ?

— Tu dînes avec nous, ma Lolie chérie.

Wendy l'embrassa sur la joue. Elle avait remonté ses boucles rousses en deux couettes encadrant son joli minois. Voilà deux semaines qu'elle sortait avec Paul. Malgré ses réticences, Laura avait fini par se laisser amadouer par ce jeune homme gentil et sa force tranquille. Elle devait l'avouer, depuis que Wendy le connaissait, elle avait mûri. Sa petite sœur était pour la première fois très amoureuse. Leur grand-mère l'aurait certainement apprécié aussi, mais elle aurait été mécontente que le jeune homme dorme dans la même chambre que sa petite-fille. Laura sourit à cette idée. Autres temps, autres mœurs.

— Bon, tu veux attaquer par laquelle ?

Wendy brandissait son couteau, prête à l'attaque.

— Celle que tu veux.

Laura extirpa le cadre photo de son sac et l'examina attentivement.

— T'a trouvé ça où ?

— Dans la chambre de Bernier.

— Tu l'as piqué ?

— Emprunté, en fait, je ne me rappelais même plus que je l'avais. C'est Bernier, juste avant l'accident, il pose avec sa voiture.

Laura tendit la photo.

— Ben, comme ça, on est certaines que c'est bien sa voiture. Tu sais, ma Lolie, ce qui te tient à cœur me tient à cœur aussi. Mais on a relu toutes les notes du lieutenant Pons et le dossier sur le meurtre de Céline. Je ne sais pas ce qu'on cherche, mais on n'a rien trouvé.

— Le lieutenant m'a dit que la mère de Bernier avait confirmé que l'accident a eu lieu le soir du 14 juillet à quelques kilomètres de l'endroit où Céline est morte, et peu de temps après. Elle a confirmé qu'il connaissait Céline.

— Elle ne t'en a jamais parlé ? Vous étiez pourtant très proches, toutes les trois.

— Non, jamais, admit Laura.

L'image de trois filles soudées par les méandres et les contradictions de l'adolescence surgit de sa mémoire. Dans l'instant présent d'une promesse vite oubliée, elles avaient fait le serment qu'elles se diraient tout, toujours, et qu'elles resteraient pour la vie les meilleures amies du monde. Elles avaient scellé leur pacte avec une goutte de sang prélevée au bout de leur index gauche, « parce que c'est la main du cœur » avait dit Céline. À présent, elles étaient sœurs, attachées par les liens du sang. L'image s'estompa.

— Lolie, tu m'écoutes ? Tu crois que le policier qui a rédigé le rapport a pu se tromper de date ?

— Possible, l'erreur est humaine. Mais ça a permis à Bernier de ne pas être suspecté et a conduit Duval en prison. Tu peux voir ce qu'il est devenu ? Peut-être qu'on pourrait lui poser la question.

Wendy lécha ses doigts pleins de sauce, et pianota sur son clavier.

— Il a démissionné, quelques semaines après l'accident. Apparemment, il était sous le coup d'une enquête interne. Il était suspecté de proxénétisme. L'affaire n'a pas abouti.

— Bien, encore un gars sans histoires, ironisa Laura.

Elle releva ses cheveux en queue-de-cheval et s'attaqua à la pizza dégoulinante de fromage. Un gros morceau finit sa course sur le cadre photo qu'elle avait posé sur ses genoux. Elle prit une serviette en papier et essuya méticuleusement la vitre. Son regard s'éclaira, elle reprit le dossier et le feuilleta rapidement.

— Regarde, il porte des Reebok.

— Et alors ? dit Wendy en enfournant un autre morceau de pizza dans sa bouche.

— Le meurtrier a laissé des empreintes de chaussures, des empreintes de Reebok. Duval en avait aussi, mais les empreintes ne correspondaient pas. J'appelle le lieutenant Pons.

*
* *

Assis devant l'ordinateur de Max, Lucien lissait ses moustaches. Passé un temps, il avait voulu les raser, pensant qu'il ferait plus jeune. Sophie avait dix ans de moins que lui et si jusqu'à présent son physique de vieux cow-boy lui importait peu, depuis qu'il la connaissait, il voulait lui plaire. Quand il en avait parlé, elle avait refusé catégoriquement qu'il les coupe.

— Elles font partie de ton charme, avait-elle déclaré, je ne sais pas si je te reconnaîtrais si elles ne trônaient plus au-dessus de tes lèvres.

Elle lui avait souri et l'avait embrassé d'un baiser tendre et délicat. L'ordinateur moulinait depuis plus de dix minutes, il faudrait peut-être un certain temps pour identifier l'arme retrouvée à quelques mètres du cadavre de Michot. Il attrapa son paquet de cigarettes, mais une fiche signalétique se manifesta à l'écran. Lucien enfila ses lunettes aux montures épaisses. Peut-être pourrait-il en changer, pour une forme plus moderne. Il en parlerait à Sophie, elle était de bon conseil.

— Nom de Dieu ! lâcha-t-il en lisant le nom du propriétaire du revolver Smith & Wesson.

Le portable de Max sonna.

— Jeunot, c'est moi, tu es où, là ?

— J'allais me rendre chez Laura Sasso, elle vient de trouver d'autres infos pouvant relier Bernier au meurtre de Céline. Tu veux mon avis ? Cette histoire pue à plein nez.

— Tu ne crois pas si bien dire ! Le revolver qui a tué Michot, il appartient à Laura Sasso, elle a déclaré son vol deux jours après notre passage chez elle.

— Elle n'a pas pu le tuer, pourquoi aurait-elle fait ça ?

— Écoute, normalement je t'aurais dit que si ça ressemble à un chat, que ça miaule comme un chat, c'est certainement un chat. Mais là je trouve la coïncidence un peu trop grosse. Deux meurtres à quelques mois d'intervalle et on retrouve les armes et les auteurs comme si on nous les présentait sur un plateau.

— Qu'est-ce qu'on fait, alors ?

— Je peux garder l'info quelque temps.

— Peux-tu te renseigner davantage sur l'arme de Duval ? Youcef m'a dit qu'elle aurait dû être détruite, mais ça n'a pas été le cas. Même si ce détail m'a étonné sur le coup, je n'y ai pas prêté plus d'attention, l'affaire était bouclée. Mais là, je me demande comment il a eu cette arme. Je pense de plus en plus qu'il n'a pas tué Céline, ni Betty.

— Tu penses à Bernier ?

— Pour Céline, oui. Mais pour Betty, c'est impossible. J'ai besoin encore de temps.

— Tu as soixante-douze heures pour dénouer tout ce merdier. Après, je serai obligé d'inculper la gamine.

Wendy épiait le lieutenant Pons par la fenêtre. Il était assis derrière le volant sans bouger, le moteur éteint. Après quelques minutes, il sortit de la voiture et claqua la portière. Il se dirigea vers la porte d'entrée et cogna deux grands coups.

Wendy courut à la porte.

— Bonjour, Lieutenant.

— Bonjour, Mademoiselle Sasso, votre sœur est là ?

— Laura, oui. Je vous en prie.

Max s'avança dans l'entrée. Un bouquet de lys imprégnait l'air d'un parfum doux et sucré. Wendy se tenait en face de lui et le regardait fixement.

— Je vous ai beaucoup observé, finit-elle par dire après un court silence. Vous êtes grand, sportif, d'un tempérament réfléchi et calme, vous êtes tout à fait son style, si vous voyez ce que je veux dire.

— Votre sœur est là ? répéta-t-il en essayant de cacher son embarras.

Wendy fit la moue et désigna la porte de la véranda.

— Elle prend l'air dans le jardin.

Laura lui tournait le dos, captivée par ce qu'elle lisait. Sur le chemin, Max s'était souvenu d'une chose importante, il aurait dû commencer par là, mais avec l'arrestation de Michot et l'enlèvement de Laura, il était passé à côté. Sa logique lui avait fait défaut. La juge Barduc n'avait peut-être pas tout à fait tort, Laura troublait sa concentration.

— À votre avis, quand Betty vous a appelée, elle voulait vous parler de Duval ?

Laura sursauta.

— Oh, c'est vous, dit-elle en se retournant. C'est tout à fait possible, oui.

— Elle n'a rien dit d'autre ?

— Non, je ne crois pas, attendez, je dois toujours avoir son message.

Ils écoutèrent attentivement la voix au fort accent américain qui résonna d'outre-tombe à travers le haut-parleur.

— Qu'est-ce qu'elle a voulu dire par « je me cache toujours pour fumer » ?

Laura retint son souffle. Comment n'y avait-elle pas pensé plus tôt ? Cette phrase était insensée pour un ignorant, mais pour elle le sens sautait aux yeux ! Betty lui avait laissé un indice.

— Il me faut aller à l'hôtel du Perce-Neige.

Laura se leva d'un bond.

— Je vous accompagne.

Sur le chemin les menant à l'hôtel, Max l'informa de la découverte de l'arme. Elle ne dit pas un mot, regardant droit devant elle, les poings serrés.

— Je ne l'ai pas tué, dit-elle après un long silence.

— Je sais.

L'hôtel du Perce-Neige était un petit chalet au bord des pistes, à quelques mètres du centre de la station. La devanture du restaurant de l'hôtel était fermée, les tables et les chaises en plastique empilées sur le côté. À la fin de l'hiver, la station s'était vidée de ses touristes. Les commerces fermaient leur porte fin avril pour ne les rouvrir qu'en été. Le silence était parfois interrompu par le vrombissement d'un moteur au loin ou par un aboiement. En sortant de la voiture, Laura partit en courant vers l'arrière de l'hôtel. Max la suivit, mais elle le sema et quand il arriva, elle s'était envolée.

— Laura ! cria-t-il.

— Je suis là.

Elle était accroupie sur le palier de l'escalier de secours.

— Je crois que maintenant j'ai droit à une explication.

— Quand on était au Chalet Bleu, c'était interdit, on devait se cacher sur les escaliers de secours. On cachait nos paquets de cigarettes et nos briquets dans la bouche d'aération pour ne pas se faire piquer avec, sinon on nous les confisquait. Merde, n'y a rien.

Laura monta d'un étage et se remit à chercher. Tout à coup, elle poussa un cri de joie qui résonna dans la station déserte. Elle dévala les marches et tendit un dossier à Max. Elle se pencha sur son épaule pour lire. Il contenait l'extrait de naissance d'Éric Bernier et des relevés de compte au nom de madame Michelle Bernier. Un dépôt de deux mille euros se répétait chaque mois.

— Je me demandais comment monsieur et madame Bernier pouvaient se permettre de payer Les Songes. C'est une maison de repos plutôt chère et ils ont des revenus vraiment modestes. J'ai la réponse à cette question.

Max s'intéressa à l'extrait de naissance. Il était inscrit « Nom du père : Bertrand Bernier » ; le nom de la mère était surligné. Il était écrit « Nicole Garrigues ».

— Je crois qu'il va me falloir avoir une nouvelle discussion avec madame Bernier. Je vous ramène chez vous.

Max sentit deux aiguilles s'enfoncer dans son dos. Son corps se tordit sous l'impulsion électrique et l'obligea à se coucher à terre. Une deuxième décharge lui fit perdre connaissance.

— Ne bougez pas, ordonna l'homme en costume gris. Donnez-moi les documents, Mademoiselle Sasso.

Laura le dévisagea. Elle lui tendit les papiers.

— Vous êtes Samuel, le garde du corps, celui qui est venu chez nous le premier soir avant Paul. Celui qui nous a fourni le dossier de Céline.

— Exact, il vous fallait un petit coup de pouce, nous avions besoin de ça. Ce n'est pas faute d'avoir cherché, mais il semble que vous étiez la seule à pouvoir le retrouver.

— Vous avez tué Betty.

— Chaque chose en son temps, avancez.

L'homme lui saisit le bras et la poussa en avant. Elle voulut résister, crier, mais le contact du canon de l'arme sur ses côtes l'en empêcha. Il la fit monter dans le coffre de la voiture. À peine le moteur eut-il démarré qu'elle se jeta sur la poche de sa veste et en sortit son portable. Elle sentait son cœur battre à tout rompre, l'air chaud lui emplissant les poumons. Elle essaya de calmer sa respiration trop rapide. Elle ferma les yeux pour se concentrer. Elle devait garder son sang-froid, mais elle était incapable de parler. Et puis elle avait peur qu'il l'entende. Ses doigts tremblaient et elle dut se reprendre à deux fois pour taper un SMS. Après quelques kilomètres, la voiture s'immobilisa. Elle appuya sur « envoyer » et jeta le téléphone au fond du coffre. Elle entendit la portière claquer et des pas sur du gravier.

— Vous l'avez ? demanda la femme.

— Oui.

— Bien. Donnez-le-moi. (La femme feuilleta les documents) Comme convenu.

Elle tendit une enveloppe.

— C'est un plaisir de faire affaire avec vous, Nicole.

Nicole, la mère biologique d'Éric. Laura tendit l'oreille.

— Ne m'appelez pas ainsi, nous n'avons pas élevé les cochons ensemble, que je sache.

— Bien, je fais quoi de la fille ?

— Débarrassez-vous d'elle, faites comme pour Duval, que ça ressemble à un suicide, on croira qu'elle n'a pas supporté d'avoir tué Michot.

Laura sentit les larmes lui monter aux yeux. Elle se mordit la lèvre, elle ne devait pas craquer.

— Je crois que ça mérite une petite rallonge.

— Tenez et ne me contactez plus.

— Pas de souci, je prends ma retraite. Cette fois, je me tire au soleil.

Chapitre 17

Max entendit les pneus crisser. Il tituba jusqu'à sa voiture et attrapa la radio pour demander des renforts. Après avoir repris ses esprits, il démarra en trombe. Quand il arriva au croisement, la voiture avait disparu. Il jura et décida de prendre à gauche. Son portable sonna, c'était Lucien.

— Jeunot, j'ai devant moi Wendy Sasso. Sa sœur lui a envoyé un message, et elle a localisé son portable.

— Dis-moi.

— Elle est à la ferme de Duval. La BAC est en route.

Max donna un énorme coup de volant et fit demi-tour. Proche de la ferme, il se gara sur le chemin et continua à pied. Il faisait nuit, à présent, et il aperçut sans mal la lumière dans la grange. Il s'avança vers un véhicule garé sur le côté et récupéra les clefs sur le contact par la vitre ouverte. Arme au poing, il s'approcha d'une petite lucarne. Il vit Laura couchée sur le côté, les mains et les jambes attachées. Elle ne bougeait pas. Un homme entra dans son champ de vision. À première vue, il semblait seul. Il le vit poser son magnum sur un vieux tonneau. Il jeta une corde par-dessus la poutre principale, et l'attacha solidement à un pilier, l'autre extrémité formant une boucle. Pas le temps d'attendre les renforts, Max s'avança silencieusement jusqu'à la porte. L'homme souleva Laura, sa tête et ses membres pendaient mollement. Max entra, pointant son revolver dans sa direction, mais l'homme fit volte-face et, avant qu'il ne puisse réagir, il balança le corps inerte de Laura sur le policier. Max perdit l'équilibre et bascula en arrière. Il sentit une douleur aiguë quand sa tête heurta violemment le sol. Le corps de Laura roula et s'immobilisa sur le dos. Il sentait des pulsations dans ses tempes et sa vision était floue, il était sonné. Il s'approcha d'elle, chancelant, et s'agenouilla en passant sa main sur l'énorme bosse qui était en train de se former à l'arrière de son crâne. En posant sa joue contre la bouche de Laura, il sentit un souffle court. Sa poitrine se soulevait régulièrement, elle était en vie. Il la recouvrit de sa veste et sortit de la grange.

Il faisait nuit noire. Il fixa les alentours, tendit l'oreille. Une branche craqua. Il pointa son arme dans cette direction. Une balle siffla. Il l'évita en sautant sur le côté derrière la voiture et tira à son tour. En réponse, plusieurs cartouches se logèrent dans la carrosserie. Max tira de nouveau. Un cri de douleur retentit. Il resta baissé et longea la grange. Il avait beau plisser les yeux, la nuit sans lune ne laissait aucune possibilité de voir quoi que ce soit. Il s'enfonça entre les arbres. Les branches et la mousse glissante ralentissaient sa progression. Après quelques mètres, il s'arrêta, haletant. Il scruta les alentours, mais l'homme avait disparu. En redescendant vers la grange illuminée par les gyrophares, il vit le brancard que deux infirmiers montaient dans l'ambulance. L'endroit grouillait de flics. Max se dirigea vers Lucien. Au passage, il héla un jeune gardien de la paix.

— Demandez que l'on bloque les routes et faites un avis de recherche pour un homme, type européen, brun, cheveu grisonnant, un mètre quatre-vingts. Il est habillé en costume foncé, il s'est enfui à pied, il est armé. Je pense l'avoir blessé, envoyez une patrouille surveiller les Urgences.

— Prévenez aussi l'aéroport à Grenoble, il a apparemment l'intention de se tirer au soleil. Il s'appelle Samuel Roché, c'est un ancien de la maison. Et devine quoi ? C'est lui qui a signé la destruction de l'arme qui a tué l'Américaine et Duval.

Lucien tira sur sa cigarette.

— Comment va-t-elle ? demanda Max, inquiet.

— Elle s'est réveillée.

— Bien.

— On va retrouver ce fumier. Elle a parlé d'une certaine Nicole.

— La mère biologique d'Éric.

— Si tu le dis. Elle a entendu Roché parler avec elle.

— Je vais chez monsieur et madame Bernier.

Max arriva chez Michelle et Bertrand Bernier. Le soleil se levait à l'arrière de la maison. Les volets étaient clos, tout était calme à l'intérieur. Il s'orienta vers le fond du petit jardin. Il s'approcha de l'atelier et poussa la porte. L'endroit sentait le bois. Sur l'établi, différents outils étaient dispersés autour d'une assise de chaise inachevée. Dans le fond, il aperçut un berceau. Sur la tête de lit étaient gravées les initiales E.B.

— Nous avons attendu des années pour l'avoir. On l'a aimé sans conditions, mais Éric n'était pas l'enfant que l'on espérait. (Bertrand Bernier se trouvait à la porte) Il était sauvage, peu causant. En grandissant, il est devenu solitaire, agressif envers sa mère et moi. Quand il y a eu cette histoire avec Ana Cho, Michelle a refusé de croire qu'il avait pu faire une telle chose. Mais moi, je l'ai lu dans son regard, il avait agressé cette fille et il n'avait aucun remords. (Bertrand Bernier se dirigea vers le petit lit. Il le déplaça pour découvrir un vieux carton poussiéreux qu'il tendit à Max) Comprenez bien que ça va anéantir ma femme. Je me suis dit que la police viendrait nous interroger. J'ai gardé ça, mais les années sont passées, et rien. Il avait rendez-vous avec Céline, ce soir-là, le soir de l'accident. Je l'ai entendu au téléphone. Quand je l'ai vue avec ses cheveux blonds, ses yeux en amande, elle ressemblait tellement à Ana Cho… J'ai su qu'il avait recommencé.

Max posa le carton sur l'établi et l'ouvrit. Il contenait un tee-shirt et un jeans lacérés, un portefeuille avec quelques francs et un permis de conduire au nom d'Éric Bernier. Il aperçut le bout d'un lacet. Il souleva les vêtements. Sur les baskets tachées de sang séché, il lut Reebok.

— Pourquoi n'avez-vous rien dit à la police ?

— Le temps a passé, Éric ne s'est pas réveillé, il ne pouvait plus faire de mal à personne. Mais vous êtes là pour ça, n'est-ce pas ? Vous savez que c'est lui.

— Oui, en effet. J'ai d'autres questions à vous poser, à vous et à votre épouse, rentrons chez vous.

— Laissez-moi un instant pour prévenir Michelle.

Max était resté dans le hall. Un hurlement suivi de pleurs déchira le silence. Après quelques instants, monsieur Bernier réapparut, tenant son épouse aux yeux rougis dans ses bras. Elle essuya son nez avec un mouchoir sorti de la poche de son peignoir. L'homme tira une chaise et l'aida à s'asseoir.

— Lieutenant, nous sommes prêts, déclara-t-il.

— Mon Dieu, Lieutenant, que va-t-il arriver à mon mari, maintenant ? On m'a déjà pris mon fils.

Elle se remit à sangloter dans les bras de son époux. Max se sentit un peu démuni face à la douleur de ces parents. Il voulut dire quelque chose pour les apaiser, mais comme à son habitude, les mots lui manquèrent.

— Ne vous inquiétez pas pour votre mari, finit-il par prononcer d'une voix neutre. Je dois vous poser quelques questions à propos de Nicole Garrigues.

Michelle Bernier sursauta. Bertrand Bernier serra ses petites mains fines dans ses grosses mains grêlées. C'était un homme grand et bien bâti qui aimait travailler le bois, seul, au fond de son atelier. Il n'était pas bavard et sa carrure lui donnait l'air un peu gauche, mais il voyait la poésie d'un pied de chaise sculpté et savait entendre la mélodie du bois qui craque. Il aurait aimé le partager avec Éric. Lui aussi passait des heures, seul dans l'atelier. Mais le travail du bois était une échappatoire à ses démons. Les lignes étaient taillées avec force et violence. Il ne suivait pas la veine du bois. Il retaillait et l'obligeait à prendre les formes qu'il voulait. Si cela ne convenait pas, l'objet était détruit avec fracas. Non vraiment, Éric ne saurait jamais voir la poésie d'un pied de chaise sculpté.

— Éric n'était pas notre fils. Nous avons tout essayé. Après des années, on s'était fait une raison et puis on nous a présenté Nicole. Elle avait seize ans et voulait faire adopter son bébé. Mais les démarches sont longues et fastidieuses. À sa naissance, j'ai déclaré que j'étais le père du bébé et on a élevé Éric.

— Savez-vous où je pourrais la trouver ?

— Non, nous ne l'avons jamais revue.

— Elle a téléphoné le lendemain de l'accident. (Michelle Bernier renifla) Elle n'a rien dit d'important. Elle m'a demandé comment il allait, elle m'a dit que l'on ne devait pas s'inquiéter.

— Tu ne m'en as jamais parlé.

— Désolé, dit-elle en lui caressant la joue.

— C'est elle qui vous envoie de l'argent chaque mois ?

— Comment savez-vous ? (Elle hoqueta) Sans cet argent, je ne sais pas comment on aurait fait pour payer tous les frais pour Éric. Je ne sais pas d'où il vient, je n'ai jamais vraiment voulu le savoir, mais c'est possible. Qu'est-ce qu'il va se passer pour Éric ?

— Je pense qu'il…

La sonnerie de son téléphone le coupa.

Lucien lui demanda de le rejoindre, il avait trouvé Samuel Roché.

Chapitre 18

Charles était assis sur le fauteuil, à côté de son lit, il dormait la tête posée sur sa main, dans une position annonçant un réveil douloureux. Laura le regardait. Comment en était-elle arrivée là ? Duval était innocent et elle l'avait envoyé en prison. À présent, il était mort, ainsi que Betty. Les gens mouraient autour d'elle, les uns après les autres. Un bref instant, elle se dit qu'elle portait malheur, que tout était sa faute. Si elle avait répondu au téléphone, Betty serait peut-être en vie, si elle n'était pas allée chez sa grand-mère, sa mère serait toujours en vie. Elle serra les dents. On voulait lui faire porter le chapeau pour le meurtre de Michot. Elle ne pouvait plus faire confiance à personne. Wendy devait rester en dehors de tout ça, elle devait la protéger. Il fallait retrouver Nicole Garrigues, c'était elle, la responsable. Charles ouvrit un œil et releva la tête en faisant la grimace.

— Tu vas bien ? demanda-t-elle doucement.

— C'est à toi qu'il faut poser la question.

— Oui, je vais bien. Où est Wendy ?

— À la maison avec Martine.

Laura retira les couvertures et posa les pieds au sol.

— Qu'est-ce que tu fais, tu dois rester en observation !

— Je vais bien, je veux rentrer.

— Non, tu dois te recoucher.

— JE VAIS BIEN, hurla-t-elle. Je veux rentrer.

On cogna à la porte. L'infirmière entra. Laura enfilait son jeans sous la blouse d'hôpital.

— Vous devriez vous recoucher.

— Non, je vais bien, je vous signerai une décharge, sortez maintenant.

Laura leva les yeux. On pouvait y lire la colère et la crainte. Elle ne savait plus à qui faire confiance, tout ce qui l'entourait lui semblait menaçant. Elle voulait se retrouver chez elle en sécurité. Elle resta silencieuse tout au long du trajet jusqu'à la maison.

— Tu dis à Wendy qu'elle reste chez toi. Je l'appelle demain, dit-elle à Charles en descendant de la voiture. J'ai besoin de rester seule.

— Fais attention à toi.

— Oui, ne te fais pas de souci, je vais prendre un bain et me coucher.

Il attendit qu'elle soit rentrée et qu'elle claque la porte pour démarrer. Elle regarda la voiture partir par la fenêtre. Elle fit couler du café et installa son ordinateur sur la table de la cuisine. Elle ouvrit les pages blanches et tapa Nicole Garrigues sans conviction. Une liste de trente noms s'afficha, mais pas de Nicole en Savoie. Elle décida de les appeler un par un, peut-être qu'une personne de cette liste pourrait la renseigner. Mais personne ne connaissait de Nicole. Elle agrandit ses recherches à la France entière, une nouvelle liste de noms apparut et toujours pas de Nicole. Elle reprit son téléphone, mais il était vingt-deux heures passées. Elle ne tenait pas à offusquer quelqu'un en le dérangeant à cette heure. La moindre information pouvait être capitale, elle décida de reporter ça au lendemain.

Son ventre criait famine et émit un gargouillis bruyant. Elle se leva et se prépara un sandwich et un yaourt. Elle se rassit devant l'ordinateur et croqua un morceau. Elle bouillait, elle ne savait plus vraiment où chercher. Elle aurait voulu parler aux parents d'Éric. Ils connaissaient cette femme et peut-être savaient-ils où elle se trouvait, mais ce n'était pas possible pour le moment. Elle se mordit la lèvre inférieure et sentit le sang couler dans sa bouche. Et s'ils étaient dans le coup ? Éric était leur fils. Elle soupira.

Ne pouvant rester sans rien faire, elle débarrassa la table et elle se replongea dans les archives qu'elle avait rassemblées avec Wendy. Elle posa d'abord le procès-verbal de l'accident de Bernier, signé Samuel Roché. Que savait-elle ? Éric Bernier était coupable du meurtre de

Céline, il était depuis l'accident dans le coma. Samuel Roché avait changé la date du procès-verbal pour que Bernier ne soit pas suspecté, il était apparemment l'homme de main de Nicole Garrigues, la mère biologique d'Éric. Samuel Roché avait tué Duval, Michot et probablement Betty. Et il avait failli la pendre. Elle ravala ses larmes. Pas maintenant, elle devait garder l'esprit clair. Elle posa le dossier sur le meurtre de Céline. Elle l'avait tellement lu et relu, rien de nouveau de ce côté-là. Elle fit ensuite deux tas, un avec les informations sur Éric Bernier et un sur Laurent Duval. Ils avaient tous un point commun évident, le meurtre de Céline. Jusqu'à présent, Michot n'avait rien à voir avec tout ça, mais Nicole Garrigues avait prononcé son nom. Elle se frotta les yeux.

Elle relut les infos sur Étienne Michot. Il avait été obsédé par Wendy au point de pousser leur voiture dans le ravin. Il avait déjà été interpellé pour avoir harcelé sa voisine. Laura examina le dossier. La voisine était une jeune fille de vingt-cinq ans, brune, vendeuse. Rien à voir avec Wendy. Elle avait porté plainte lorsque Michot s'était introduit chez elle. Il avait écopé de trois mois avec sursis et d'une interdiction de s'approcher à moins de cent mètres. Ça ne menait à rien.

Laura était exténuée. Elle balaya la table d'un mouvement rageur, les papiers s'envolèrent. Elle posa la tête sur ses bras et se mit à pleurer sans pouvoir s'arrêter. Elle laissa les larmes rouler sur ses joues jusqu'à n'avoir plus qu'un hoquet. Elle se sentait vidée. Elle se traîna jusqu'au canapé où elle s'endormit. Quand elle s'extirpa du sommeil, le soleil était déjà haut. Elle s'étira et se frotta la nuque. Elle monta à l'étage, prit une douche chaude et passa des vêtements propres. En arrivant dans la cuisine, elle soupira. Les papiers étaient répandus sur la table et sur le sol. Elle ramassa nerveusement les feuilles et les posa en tas sur la table. Elle se retourna vers le plan de travail et appuya sur le bouton de la cafetière. Elle chercha dans le placard et sortit des biscottes. L'odeur du café emplissant ses narines était plaisante et la réconforta un peu. Après avoir déjeuné, elle appellerait Wendy et lui expliquerait tout. Si elle ne trouvait rien pouvant la disculper, les flics viendraient bientôt la chercher et l'accuseraient du meurtre de Michot. Elle devait préparer sa cadette à cette éventualité. Il lui restait peu de temps. Elle espérait que de son côté le lieutenant Pons avait retrouvé Samuel Roché et qu'il le ferait parler.

Elle s'assit et posa sa tasse fumante sur la table. Elle mit deux sucres et remua. Son regard survola l'amoncellement de papiers. Elle se sentait frustrée. Elle n'avait pas trouvé de Nicole Garrigues en Savoie et elle se demanda si ses recherches seraient plus fructueuses aujourd'hui. Tout en réfléchissant, elle feuilleta quelques documents. La première chose à faire serait de tout ranger correctement. Elle téléphonerait ensuite à toutes les personnes de la liste, en espérant trouver quelqu'un qui pourrait la renseigner sur Nicole Garrigues. Et après… Et après, on verra, chaque chose en son temps, se rassura-t-elle. Elle croqua dans une biscotte et faillit s'étouffer.

— Bon Dieu, c'était sous mon nez depuis le début ! dit-elle tout haut.

Elle récupéra son ordinateur et rechercha dans les notes du lieutenant Pons.

— Bon Dieu ! répéta-t-elle en lançant une recherche sur Google.

Elle jeta ses cheveux en arrière d'un geste impatient, en attendant que la page se télécharge.

— La salope ! s'exclama-t-elle en frappant du poing sur la table.

Elle se leva. Ivre de colère, elle récupéra son sac et ses clefs de voiture, et sortit en claquant la porte. Son portable résonna à plusieurs reprises dans le vide de la cuisine.

Chapitre 19

Lucien fit un détour avant de se rendre au commissariat. Il arrêta la voiture entre deux immeubles. Il avança jusqu'au fond de la ruelle et passa par le trou du grillage. De jeunes hommes, une jambe de pantalon relevé sur le mollet, cessèrent leur discussion. Un gars habillé d'un survêtement blanc avec des bandes bleues s'approcha.

— Commandant, qu'est-ce qui me vaut l'honneur de votre visite ?

— J'ai besoin que tu me retrouves un type.

— Vous savez, je suis très occupé.

Lucien glissa la main dans sa veste. Il en ressortit une liasse de billets et lui en tendit plusieurs.

— Je n'ai pas le temps d'attendre, il me le faut ce soir.

— Fredo, ramène-toi.

Un garçon d'environ treize ans s'avança. Il portait une casquette et un jeans large laissant dépasser un caleçon bariolé. Lucien leur fit une brève description.

— Le type qui boitait, tu sais où il est parti ?

— Il est rentré porte G.

— Trouve-le. (Le gamin partit en courant) Si on doit vous le ramener, va falloir rallonger.

— Pas la peine. J'irai moi-même.

Le jeune garçon revint quelques minutes plus tard.

— On l'a trouvé, dit le jeune homme au survêtement en empochant de nouveaux billets.

En attendant que Max arrive, Lucien décida d'aller repérer les alentours. Le jeune Fredo, la casquette à l'envers, monta dans la voiture.

— Je dois vous emmener, dit-il en mâchouillant un chewing-gum.

— OK.

Lucien démarra. Le jeune garçon lui indiqua une route sur la droite. Ils suivirent un bâtiment à la façade crasseuse qui longeait la route avant de prendre à gauche. Ils arrivèrent sur un parking entouré par trois autres immeubles aux volets rouillés. Lucien se gara à deux places d'une carcasse calcinée.

— Il est au 517.

Le gamin pointa son doigt en direction d'une fenêtre éclairée au cinquième étage. Lucien lui tendit un billet.

— Garde ma bagnole.

Dans le hall, il se dirigea vers l'ascenseur. Un panneau « En panne » barrait les portes.

— Super, grogna-t-il.

Il monta les escaliers aux murs tagués jusqu'au cinquième étage, sans rencontrer personne. Il avança dans le couloir jusqu'à la porte du 517. En collant son oreille contre le mur, il entendit une voix d'homme et des bruits de va-et-vient dans l'appartement. Il semblait être seul. Lucien regarda sa montre, les renforts ne devraient plus tarder. Soudain, les bruits de pas s'approchèrent de la porte et la serrure cliqueta. Lucien se planqua sur le côté et sortit son arme. Son attention fut alors attirée par les cris d'un couple qui se disputait violemment en montant l'escalier. Ils étaient ivres et ils s'insultaient copieusement. La porte de l'appartement se referma. La femme blonde d'environ quarante ans, son maquillage dégoulinant, passa devant Lucien en hurlant. Son compagnon la rejoignit en titubant. Elle continua à vociférer des insultes en pointant son doigt au vernis écaillé vers le visage cramoisi de son acolyte de beuverie. Tout à coup, il l'agrippa par les cheveux et la gifla à plusieurs reprises.

— Merde. (Lucien serra les poings) Et toi là-bas, lâche-la ! cria-t-il.

— On t'a rien demandé, connard, répondit l'homme, les yeux injectés de sang.

Lucien braqua l'ivrogne qui marchait en vacillant vers lui.

— Qui tu traites de connard ?

L'homme se figea. La jeune femme commotionnée s'était réfugiée, accroupie, contre les portes de l'ascenseur.

— Dégage d'ici.

Le poivrot fit demi-tour en bougonnant, et partit tant bien que mal en direction des escaliers. Lucien s'agenouilla.

— Rentrez chez vous, dit-il à la jeune femme, en lui tendant la main pour l'aider à se mettre debout.

Elle aurait pu être belle, mais l'alcool avait creusé ses traits. Sous son maquillage, on devinait un teint verdâtre et un début de couperose. Sa chemise transparente et sa jupe trop courte laissaient apparaître une silhouette famélique et elle puait le vomi. Soudain, ses yeux cireux s'écarquillèrent de peur et elle se mit à trembler. Lucien voulut se retourner, mais il sentit le canon contre sa tête.

— Je te croyais plus malin, donne ton arme. Toi, dégage !

La fille apeurée disparut dans les escaliers. Le vieux commandant tendit la crosse de son pistolet.

— Samuel, justement je te cherchais. Si tu te rends tout de suite, je pourrai dire un mot au juge en ta faveur.

Samuel éclata de rire. Il pressa l'arme plus fortement. Lucien ferma les yeux. Il était foutu, il allait le tuer. À un an de la retraite, putain, c'était trop con. Un bang résonna. Il sursauta. Samuel Roché tomba à genoux avant de basculer sur le côté. Une mare rouge s'étala rapidement sur son thorax.

— Je ne peux vraiment pas te laisser seul. (Max projeta le pistolet d'un coup de pied et tata le cou à la recherche d'un pouls) Il est mort, j'appelle le poste, dit-il en s'éloignant.

La porte de l'appartement d'en face s'entrebâilla sur un visage ridé. Il regardait Lucien d'un air réprobateur.

— C'est la police, ne vous inquiétez pas.

Le géronte leva dédaigneusement les yeux au ciel et claqua la porte. Le vieux commandant s'adossa au mur. Il pensait à Sophie, à ses yeux rieurs, sa bouche gourmande. Pour la première fois, il avait eu peur. Pas de mourir, il avait eu peur de perdre la vie qu'il avait avec elle.

Leurs repas en amoureux, les films à l'eau de rose qu'elle l'obligeait à regarder, les balades en forêt. Elle comptait plus que personne n'avait jamais compté pour lui. Elle était son bonheur, sa bouffée d'oxygène. En regardant passer la civière, il se sentit léger. Sa décision était prise, en rentrant il lui demanderait si elle voulait bien l'épouser.

Chapitre 20

Arrivée devant la maison, Laura resta assise au volant. Voilà, et maintenant, qu'allait-elle faire ? Elle ne pouvait pas rentrer comme une furie pour demander des comptes. Il lui fallait des preuves et pour cela elle devait s'introduire en douce à l'intérieur. Le portail électrique s'ouvrit sur une Audi TT noire. Laura se tassa sous le volant. C'était sa chance. Elle sortit en courant et passa le portail juste avant qu'il ne se referme. Elle avança doucement dans le jardin en se dissimulant sous les pommiers.

Arrivée sous le porche, elle réfléchit un instant. Si elle se souvenait bien, le bureau était à gauche de l'entrée, elle commencerait ses recherches par là.

Elle se glissa sous la fenêtre. Son cœur battait à tout rompre. Elle redressa la tête, ne laissant dépasser que son front et ses yeux. Elle examina l'intérieur. Le gros fauteuil en cuir était libre. Elle regarda à droite, près de la bibliothèque et de l'autre côté, vers la porte fermée. La pièce était vide. Elle se releva et poussa sur la fenêtre qui ne céda pas. Elle fit le tour de la maison pour trouver le moyen de rentrer. Elle essaya plusieurs fenêtres, toutes closes.

Revenue à son point de départ, elle s'approcha de la porte d'entrée. Fébrilement, elle tourna la poignée, la porte s'entrouvrit. Elle la poussa prudemment et passa un œil à l'intérieur, il n'y avait personne. Elle se faufila dans le grand hall faisant face à l'escalier imposant qui menait à l'étage. Elle poussa la lourde porte en merisier donnant sur le bureau. Elle la referma doucement, en prenant grand soin à ne pas faire le moindre bruit.

Elle ouvrit plusieurs tiroirs qui contenaient des fournitures et des dossiers qu'elle feuilleta rapidement. Elle cherchait le dossier que

Samuel Roché lui avait fauché, mais s'il n'avait pas déjà été détruit, il pouvait être n'importe où. Le tiroir du milieu était fermé à clef. L'effort pour l'ouvrir lui fit faire la grimace, mais il ne bougea pas. Elle observa le bureau où étaient disposés un sous-main vert en cuir et plusieurs portraits de Nicolas, à des âges différents. À présent, elle s'en rendait compte, Éric et Nicolas avaient les mêmes yeux noisette et ce port de tête hautain qu'ils tenaient de leur mère.

Elle saisit le coupe-papier dans le pot à stylos et le glissa entre le bureau et le tiroir. Elle appuya de toutes ses forces en espérant qu'il tiendrait le coup. Le tiroir s'ouvrit d'un coup sec. À l'intérieur, il y avait un cahier de comptes. Elle le survola, mais c'était du charabia. Elle aperçut un iPod, elle appuya sur le bouton marche. Il s'alluma quelques secondes. Elle essaya de nouveau, mais l'écran resta définitivement noir.

— Vous êtes tenace. Normalement, je trouve que c'est une qualité. Levez les mains sans faire de gestes brusques.

La voix de la juge Barduc la fit sursauter.

— Vous allez me tuer, moi aussi ?

— Ma foi, vous m'y obligez. Avancez, on va faire un tour.

Pendant que les hommes de l'identité judiciaire finissaient de prendre des photos et que deux gardiens de la paix faisaient le tour des voisins pour les interroger, Max et Lucien étaient redescendus sur le parking. Un attroupement s'était formé en bas des immeubles. Malgré une atmosphère pesante, tout se passait dans le calme. Mais les policiers restaient sur leurs gardes, un dérapage pouvait arriver sans crier gare. Pour un regard ou une parole mal interprétés, les esprits s'échauffaient rapidement et les choses pouvaient dégénérer en un temps record, passant d'une foule observatrice à un déferlement d'objets hétéroclites sur le capot de la voiture. Lucien alluma sa cigarette.

— Tu m'as trouvé comment ?

— Le gosse près de ta bagnole, il m'a dit où tu étais.

— Une chance que le quartier soit craignos, dit Lucien en désignant la foule d'un geste de la tête.

— Maintenant que Roché est mort, on va avoir du mal à innocenter Laura.

— Tu penses toujours qu'elle n'a rien fait ?

— Pourquoi ? Toi non ?

— Les preuves disent qu'elle est coupable, elle avait les moyens et le mobile.

— Tout ça pue le coup monté.

— Si tu n'as rien d'ici demain, je vais devoir l'inculper, je ne pourrai pas garder ça pour moi plus longtemps.

— Oui, je sais, et… je te remercie… enfin, tu vois.

— Pas la peine. Tu me devras un service et j'ai déjà une tonne d'idées.

— Je n'en doute pas.

Lucien écrasa son mégot par terre. Un agent s'approcha.

— On a fini ici. Les gens sont peu causants. Roché a emménagé il y a environ deux ans. Personne ne le connaissait vraiment, mais le petit vieux au fond du couloir passe son temps à épier par sa fenêtre. Il dit qu'il le voyait partir et rentrer à toute heure. Il ne recevait jamais personne et vivait seul.

— Bien, on rentre au poste.

Le portable de Max sonna.

— Salut, c'est Youcef. J'ai un truc pour toi.

AC/DC jouait en arrière-fond.

— Ça ne peut pas attendre ? On arrive.

— Je ne crois pas. Tu m'avais demandé de faire des recherches pour retrouver le téléphone portable de Betty Wood. J'ai mis en place une surveillance qui n'a rien donné jusqu'à maintenant.

— Maintenant ? répéta Max en relevant les sourcils.

— Tu vas adorer ce qui va suivre. Je viens de recevoir une alerte, on vient juste de l'activer quelques secondes, mais ça suffit pour le repérer, je t'envoie l'adresse par SMS.

— Lucien, on prend ta bagnole, dit Max en raccrochant.

— Ouais, mais si tu veux que je conduise, va falloir me dire où on va.

— On va… (Max s'interrompit un instant en lisant l'adresse) Putain, c'est quoi cette histoire ?

— Bon, jeunot, accouche.

— On va chez la juge Barduc.

*
* *

Laura avait traversé le hall puis la cuisine, suivie par la juge, arme au poing.

— Ouvrez la porte.

Elle découvrit un grand escalier de béton ; une odeur de terre et de renfermé émana de la cave.

— Descendez.

Laura sentit le fusil entre ses omoplates, elle descendit prudemment les quelques marches vers le filet de lumière. Elle se retrouva dans une grande pièce voûtée, aux murs recouverts d'étagères garnies de bouteilles alignées méthodiquement par année et de bocaux de différentes couleurs soigneusement étiquetés. Aucune issue possible, à part les escaliers qu'elle venait de descendre, et la juge Barduc obstruait le passage en la tenant en joue.

Laura recula dans le fond, contre les étagères.

— Comment dois-je vous appeler ? Nicole Barduc ou plutôt Garrigues ?

Elle essaya de ne pas laisser transparaître sa peur. Il lui fallait gagner du temps. Ses mains effleurèrent les bocaux. Elle pourrait s'en servir pour l'assommer, mais il lui faudrait détourner son attention.

— Vous êtes perspicace, comme votre amie, et aussi stupide qu'elle. Elle a voulu me faire chanter. Quelle idiote, elle pensait pouvoir s'enfuir avec ce minable de Duval ! Elle a couru à sa perte.

— Pourquoi avoir fait ça ? Éric a tué Céline. Vous êtes juge !

Nicole Barduc grimaça.

— Avez-vous des enfants ?

Laura secoua la tête.

— Vous ne pouvez rien comprendre. J'avais seize ans quand j'ai eu Éric. Mon entourage a fait pression. Une fille-mère, c'était une honte qu'il ne pouvait pas assumer. J'ai dû me séparer de lui à contrecœur, mon enfant, la chair de ma chair, mon sang. Mais quand il m'a appelée… Il ne voulait pas la tuer, c'était un accident, je ne pouvais pas l'abandonner une seconde fois. Et puis Duval était un minable, alcoolique et violent. Il aurait fini en prison de toute façon.

Laura serra les dents. Elle glissa sa main droite derrière son dos et agrippa un pot.

— Et Michot, finit-elle par articuler. Vous pouvez me le dire, vous allez me tuer de toute façon.

— Michot (elle éclata d'un rire nerveux), j'ai été clémente avec lui lors de son affaire avec sa voisine. Contre de menus services, bien sûr, ensuite il est devenu un peu trop gourmand.

— Comme petit service, vous parlez de ma voiture dans le ravin ?

— Il était censé juste vous faire peur, je ne savais pas encore ce que votre fouine d'amie vous avait raconté. Grâce à la fouille de la chambre d'hôtel, il a réussi à récupérer son téléphone, cette petite sotte avait enregistré notre conversation, mais impossible de trouver les documents qui prouvaient mon affiliation avec Éric. C'est là que vous m'avez été très utile. Bien, je serais restée encore à bavarder, mais je suis une femme occupée.

Soudain, la sonnerie de la porte d'entrée retentit. La juge détourna la tête.

Laura saisit l'opportunité, elle lui jeta le bocal qui atteignit sa cible de justesse. Blessée à la tempe, la juge lâcha son arme en poussant un cri de douleur. Laura bondit en avant et la poussa d'un coup d'épaule. Elle gravit les escaliers en courant et entendit la juge armer le chien. Elle se baissa juste à temps. Le fusil fit un trou dans la porte là où se trouvait sa tête quelques secondes auparavant.

Elle tourna la poignée et se jeta à plat ventre dans la cuisine. Un deuxième projectile atteignit une bouteille qui explosa. Laura rampa dans le lait qui se déversait de la table. Elle entendit les pas dans l'escalier et le fusil que l'on rechargeait. Elle se releva et courut à perdre haleine jusqu'à la porte d'entrée. La douleur lui déchira la chair quand la balle transperça son épaule, elle perdit l'équilibre et s'affala au sol.

La porte d'entrée s'ouvrit avec fracas.

— Police ! cria Lucien. Jetez votre arme.

La juge, un rictus de rage lui déformant le visage, épaula le fusil. Un coup de feu retentit, elle s'effondra.

Max se précipita auprès de Laura.

— Elle perd beaucoup de sang, appelle une ambulance, vite. Laura, restez réveillée, l'ambulance arrive, dit-il en appuyant fortement sur la plaie.

Laura était à terre. Sa vue se brouillait, elle ne sentait plus la douleur ni le froid du carrelage sur sa joue. Elle entendait vaguement les bruits autour, dans une cohue incompréhensible. Elle comprit juste que la juge aussi était à terre. Cette femme, la responsable de tout ce gâchis. La tête lui tournait. Elle avait envie de fermer les yeux, juste un instant, se reposer quelques minutes, elle en avait tellement besoin. Elle sentait ses forces se déverser par la plaie béante de son épaule. Si elle fermait les yeux, elle pourrait retrouver ses amies, Betty et Céline et sa mère, revoir son visage, sentir son parfum. Juste dormir. La voix du lieutenant Pons lui criait de se battre, de rester réveillée, mais elle n'avait plus envie de lutter. Toute sa vie elle avait dû garder le contrôle, ne pas laisser parler ses peurs, ses doutes, être forte. À présent, elle était libre. Elle s'évanouit. Tout d'un coup, un choc électrique parcourut tout son corps. La brûlure traversa ses membres et remonta jusque dans son crâne. Elle inspira fortement, l'air froid emplit ses poumons. Le son autour d'elle se fit de plus en plus fort, de plus en plus clair.

— On a un rythme, on la transporte.

Le pompier posa un masque sur son visage. Elle inspira fortement, laissant l'oxygène soulever sa poitrine, et souffla longuement. Rien d'autre n'était plus important que ce mouvement régulier, l'air entrant et sortant de ses poumons. Elle était en vie.

*
* *

Max poussa la porte de la chambre d'hôpital. Laura, les traits tirés, était assoupie, le bras en écharpe.

— Laura, dit-il doucement.

Elle ouvrit les yeux.

— Lieutenant, je commence à croire que vous êtes mon ange gardien.

Il rougit, visiblement embarrassé.

— La juge a tout avoué, dit-il pour changer de sujet. Le meurtre de Betty, de Duval et de Michot. Roché exécutait le sale boulot. Betty voulait faire chanter la juge. Elle lui a donné rendez-vous, Roché l'attendait. Il a ensuite tué Duval et a maquillé le tout en suicide.

— Comment vous m'avez trouvée ?

— On suivait la piste du portable de Betty. La juge avait chargé Michot de le récupérer, elle redoutait qu'il contienne des preuves compromettantes. Il est devenu trop gourmand et Roché l'a exécuté. Mais vous, comment avez-vous su que la juge Barduc était Nicole Garrigues ?

Laura se redressa et but une gorgée d'eau.

— Je ne comprenais pas comment Michot était impliqué. Tous les autres avaient un point commun, le meurtre de Céline. Et puis j'ai trouvé. La juge Nicole Barduc s'était occupée de tous les dossiers, le meurtre de Céline, l'affaire de harcèlement sur la voisine de Michot et le meurtre de Betty. J'ai recherché sa biographie et j'ai vu que son nom de jeune fille était Garrigues.

— Vous avez pris des risques, vous auriez dû me téléphoner.

— Oui, j'aurai dû. Mais je ne comprends pas, si elle avait besoin de moi pour récupérer les documents, pourquoi me faire porter le chapeau pour Michot ?

— Pour vous discréditer. Personne n'aurait écouté les divagations d'une criminelle sur un meurtre vieux de quinze ans. Elle ne pouvait pas prévoir que le commandant Nicopet ne balancerait pas immédiatement la découverte de l'arme et que vous seriez aussi perspicace.

— C'est fini, cette fois-ci.

— Oui, Mademoiselle, c'est fini.

Chapitre 21

Assis sur le barrage, Max était à ses réflexions. Le soleil tentait de percer le voile gris sur le haut de la montagne. Au mois de septembre, la brise rapportait le froid des cimes enneigées et rappelait aux randonneurs que l'été était terminé. Il aimait ce temps gris, bien plus intéressant que le ciel bleu limpide des longues journées d'été. Ce ciel changeant où l'on guettait les rayons du soleil furtif entre les nuages, l'arc-en-ciel qui se formait sur la pluie fine. Il contemplait – comme on contemple le tableau d'un grand peintre – la palette de couleurs des nuages, passant d'un blanc aveuglant au noir angoissant, et scrutait au loin l'arrivée de l'orage avec son bruit sourd et ses éclats de lumière. Il écoutait avec attention le vent qui vous arrachait au sommeil avant de s'éteindre, pour laisser place à deux trois gouttes, et puis, des trombes d'eau qui s'abattaient avec rage sur les tuiles des toits.

À l'arrivée de l'automne, les touristes se faisaient rares et les animaux moins sauvages. Au milieu du lac artificiel qui s'habillait de la couleur du ciel, parfois d'un bleu azur et comme aujourd'hui d'un gris presque noir, le pic de l'église du village immergé se tenait là comme un dernier soupir, une main tendue vers le ciel. Max venait pour y réfléchir, pour se détendre, se couper du monde. Ce monde qui lui paraissait parfois curieux, lointain, et souvent comme n'étant pas le sien. Il regardait la pointe de l'église, imaginait les maisons englouties, la place du village avec ses bancs où les vieux se retrouvaient après la messe et où les enfants jouaient à chat. Il voyait les dames du village, leur panier au bras, parcourant les ruelles jusqu'au marché, les bergers dirigeant leur troupeau et les chiens aboyant et courant autour des brebis.

Un jour, il devait avoir sept ans, son père lui avait raconté que le barrage avait été construit grâce à un amoncellement de rochers, mais qu'une seule petite pierre tenait l'ensemble. S'il la trouvait, le barrage céderait. Max avait cherché la petite pierre sans la trouver. Aujourd'hui encore, il lui arrivait de regarder les petites pierres blanches et d'imaginer que d'un coup de pied, il laissait se déverser l'eau et que le village du fond du lac retrouvait l'air libre. Avec son métier de flic, il était témoin chaque jour de ce que l'être humain pouvait avoir de plus sombre, de plus cruel, de plus infâme. À chaque enquête, il donnait le coup de pied dans la pierre et laissait se déverser l'eau pour laisser apparaître le coupable. Mais il se sentait de plus en plus accablé et il éprouvait souvent le besoin de fuir, fuir ce monde capable de noyer des villages dans des lacs artificiels. Le vibreur de son téléphone dans sa poche le sortit de sa torpeur.

— Allô, jeunot.

— Salut, Lucien.

— Ramène-toi, fissa.

Max raccrocha, se leva et resta immobile, embrassant du regard ce paysage fabuleux. Le vent piquait ses joues. Il ferma les yeux un instant, emplissant ses poumons d'air frais. Il laissa son ouïe divaguer. Il entendit le bruit de l'eau, le sifflement joyeux des marmottes, le vrombissement des motos sur la route au-dessus et les pierres roulant sur le talus. Il rouvrit les yeux sur le pic de l'église, ramassa un caillou et le jeta dans l'eau. Il ricocha deux fois avant de disparaître au fond du lac, il était temps de rentrer.

À propos de l'auteur

Je suis née dans le sud de la France, mais c'est en Maurienne que j'ai posé mes valises avec ma petite famille. Fan de polars où l'enquête est le thème principal, j'imagine des personnages souvent inspirés de personnes réelles et parce que tout ne se passe pas dans les grandes villes, je base mes histoires en province.

J'aime écrire le soir ou en début d'après-midi, mais c'est souvent en voiture que les idées s'imposent, d'où de nombreux « maman, c'était là-bas l'école, le supermarché, la maison (remplacer par le lieu de votre choix) ». Je suis de toute façon une incorrigible tête en l'air, et du coup la reine des listes et des Post-its.

Je n'écris ni pour soigner ma névrose (qui va très bien, merci), ni pour flatter mon ego (quoique…). J'écris surtout parce que ça m'amuse. J'aime inventer des histoires, créer des personnages et leur mettre des bâtons dans les roues. Je passe par des rebondissements et éparpille des indices qui permettent au lecteur d'être ainsi au cœur de l'enquête.

Liés par le sang est mon premier roman. D'abord écrit pour le cercle restreint de ma famille et de mes amis, je me suis laissé tenter par l'auto-édition. Une première version publiée début 2013 a rencontré plus de 900 lecteurs. L'envie de présenter mon travail à des professionnels m'a permis de rencontrer l'équipe des Éditions Hélène Jacob, avec qui j'ai collaboré pour cette nouvelle version.

La tête pleine de projets, je rédige une nouvelle enquête où l'héroïne ne sera pas sans vous rappeler une certaine miss Marple.

Merci aux lecteurs pour leurs commentaires positifs qui font chaud au cœur et pour leurs commentaires négatifs qui me permettent de progresser.

Pour me contacter : madeline.desmurs@hotmail.fr

Retrouvez tous les titres et l'actualité des Éditions HJ :

Sur notre site Internet :

http://www.editionshelenejacob.com

Sur Facebook :

https://www.facebook.com/EditionsHJ

Sur Twitter :

https://twitter.com/EditionsHJ

Table des matières